光文社古典新訳文庫

狭き門

ジッド

中条省平・中条志穂訳

光文社

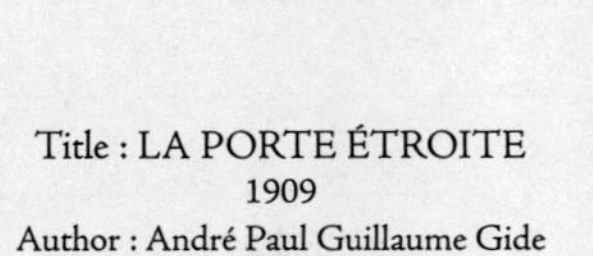
Title : LA PORTE ÉTROITE
1909
Author : André Paul Guillaume Gide

目次

狭き門

M・A・G*に捧ぐ

力を尽して狭き門より入(い)れ。

――『ルカ伝福音書』第一三章二四節

*訳注　マドレーヌ・アンドレ・ジッド、すなわち、アリサのモデルになったジッドの妻マドレーヌを指す。

I

僕以外の人ならこれで一冊、本を書けたにちがいない。だが、これから物語るのは、僕が全力を出して体験したことであり、まさにそのために僕の力は尽きてしまったのだ。だから、ごく単純に思い出を書こうと思う。そして、その思い出にところどころ穴が開いていても、それをとりつくろったり、つじつまを合わせるために作りごとをしたりするつもりはまったくない。体裁を整えるための努力は、この思い出を語ることで得られるはずの最後の喜びを台なしにしてしまうだろうから。

父を亡くしたとき、僕はまだ一二歳にもなっていなかった。父はル・アーヴルで病院を開業していたが、母はもうこの町にはなんの未練もなくなったので、僕が学校の勉強を修了するのにいいだろうと考えて、パリに引っ越すことに決めた。母はリュクサンブール公園の近くに小さなアパルトマンをひとつ借りて、そこにミス・アシュバートンと一緒に住むことになった。ミス・フローラ・アシュバートンは最初は母の家庭教師だった。家族がひとりもいないので、その後、母の話し相手になり、まもなく親しい友人になった。母とミス・アシュバートンはともに、やさしく、同時にもの悲しい雰囲気を漂わせていて、僕は彼女たちと長年暮らしていたが、ふたりの喪服姿しか思いだすことができない。あるとき、父が亡くなってからずいぶんあとの出来事だったと思うが、母がいつも午前中にかぶる帽子のリボンを黒から薄紫に変えたことがあった。

「ねえ、母さん!」と僕は思わず大きな声を出した。「その色はぜんぜん似合わないよ!」

翌日からリボンの色は、もとの黒に戻った。

僕は病気がちの子供だった。母がそれをひどく心配し、ミス・アシュバートンは僕が疲れすぎないようにあらゆる手立てを尽くしてくれた。そんな環境で怠け者にならなかったのだとしたら、僕はよほど勉強好きの子供だったということになるだろう。

季節がよくなって、上天気の日々が続くとすぐに、母とミス・アシュバートンは、今度は僕がパリの町を離れるべきときが来たと考えた。このままパリにいれば、僕の顔色が悪くなってしまうというのだ。六月の中ごろ、僕たちはル・アーヴルの近くのフォングーズマールへ出発した。そこには伯父のビュコランの家があって、毎夏、僕たちを迎えてくれるのだった。

さほど立派でも美しくもない庭は、ノルマンディのほかの庭と比べてとくに目立ったところもなく、ビュコラン家の白い三階建ての屋敷は、一八世紀にたくさん作られた田舎の別荘とそんなに変わらなかった。家は庭に面して東向きに立ち、正面に二〇ほどの大きな窓があり、裏側にも同じ数の窓があった。家の両脇に窓はなかった。窓には格子がはまっていて、小さな窓ガラスには最近取り替えられたものがあり、隣に並ぶくすんで緑がかった古い窓ガラスと比べると、透けすぎているように思われた。

1 アンナ・シャクルトンをモデルとする。彼女はスコットランド人で、ジッドの母ジュリエットの家庭教師で友人だったが、冷淡な母ジュリエットに代わって、幼いジッドの面倒をよく見た。

窓ガラスには、僕の両親が「あわ」と呼んでいた気泡入りのものがあり、あわを透かすと木はよろけて見えたし、その前を通る郵便配達は突然、背中にこぶができるのだった。

庭は長方形で、塀に囲まれていた。家の前の庭の芝生はかなり広く、木陰ができるようになっていて、砂と小石を敷きつめた小道が芝生をぐるりと一周していた。庭を囲む塀は低かったので、こちらから、庭の向こうに農家の中庭が見え、この地方ではよくあることだが、隣家との境界線としてブナの並木道が作られていた。

家の裏手の庭は、西向きにもっとゆったりと広がっている。南の垣根からは、花々の咲きみだれる小道が伸び、ポルトガル原産の月桂樹やそのほかの木々の濃（こま）やかな茂みが、家を海風から守っている。北側の塀に沿って、もう一本の小道が走っているが、すぐに木立に覆われて見えなくなっていた。僕の従姉妹（いとこ）たちはこちらの小道を「暗い道」と呼んで、黄昏（たそがれ）どきを過ぎると、もうそこを通ろうとはしなかった。この二本の小道は下りの石段に達し、それを数段降りると、庭に続いて菜園が広がっていた。そして、菜園の奥は塀に行きあたるが、この塀には小さな隠し戸があって、そこから出ると向こうには低い雑木林があり、ブナの並木道がこの雑木林で左右から合流していた。西に向いた石段からは、雑木林をこえてその先の高台まで見渡せたので、高台を埋めつくす収穫期の小麦の景色を楽しむことができた。地平線も間近に感じられ、小さな村の教会が眺められたし、風の凪いだ夕方には、何軒かの家から立ちのぼる煙も見えた。

夏の晴れた日の夜には、夕食を済ませると、僕たちはかならず「下の庭」に降りていった。菜園の塀の小さな隠し戸から出て、ブナの並木道にあるベンチまで行くと、この地帯を見晴らすことができた。いまはもう使われなくなった泥灰土の採取小屋のわら葺き屋根のそばで、伯父と母とミス・アシュバートンはベンチに腰を下ろすのだった。目の前に広がる小さな谷間には靄が立ちこめ、さらに遠くの森の上空は金色に輝いていた。そして、僕たちはとっぷりと暮れた庭の隅で、遅くまで時を過ごした。それから家に帰り、めったに僕たちと一緒に外出しない伯母の残った客間に戻る……。僕たち子供にとって、夜の時間はそこで終わりだった。しかし、僕たちは寝室に入っても本を読んでいることが多く、もっと遅くなって母たちの二階に上がる足音が聞こえてくるまで、読書を続けるのだった。

昼間、庭にいるときを除けば、僕たちは伯父の書斎に勉強机を置いた「自習室」でほとんどの時間を過ごした。従弟のロベールと僕は並んで勉強をした。後ろにはジュリエットとアリサが座る。アリサは僕より二歳年上で、ジュリエットは一歳年下だった。僕たち四人のなかで、ロベールがいちばん幼かった。

憶えている過去のすべてをここに書くつもりはない。書こうと思うのは、この話に関係のある思い出だけだ。この物語が始まるのは、ちょうど父が亡くなった年だといっていい。この不幸な出来事のせいで、僕自身が悲しかったことはもちろんだが、それにもまして、母の悲しむ姿を見ると僕の気持ちは激しく揺さぶられ、新たな感情をひき起こす下地を作ることになったのだと思う。僕は早熟だった。そのせいで、この年フォングーズマールにやって来たとき、ジュリエットとロベールはひどく幼く思え、アリサを見た瞬間、僕とアリサがもう子供ではないことを突然悟ったのだ。

そう、それはまさに僕の父が亡くなった年の出来事だった。僕の記憶が確かな証拠は、伯父の家に着いてまもなく交わされた母とミス・アシュバートンの会話を憶えていることだ。僕が不意に寝室に入っていくと、母は彼女にむかって伯母のことを話していた。母は、伯母が父の喪に服さなかったとか、すぐに服すのをやめてしまったとかいって怒っていた（実をいえば、ビュコランの伯母が喪服を着る姿など、母が派手な衣装をまとうのと同じくらい僕には想像しがたいことだった）。僕の記憶では、僕たちが到着した日、リュシル・ビュコランはモスリンのドレスを着ていた。ミス・アシュバートンはいつものように人をとりなす性癖を発揮し、母の怒りをなだめようと、おそるおそるこんな理屈をもちだした。

「でも、白だって喪の色にはちがいないわね」

「じゃあ、あの人が肩に掛けていた赤いショールも喪の色だっていうの？　フローラ、いい加減にして！」母は声を荒らげた。

　僕が伯母に会うのは夏休みのあいだだけで、彼女の襟ぐりの深い、薄いブラウスは見慣れていた。それを着ていたのは、たぶん夏の暑さのせいだった。しかし、母を本当に憤慨させていたのは、伯母がむきだしの肩に掛けていたショールの燃えるような赤ではなく、大きく開いた胸だった。

　リュシル・ビュコランはたいへんな美人だった。僕がもっている小さな肖像写真は当時のままの彼女を写しだしている。自分の娘たちの姉と間違えられそうなほど若々しく、斜めに腰かけ、お得意のポーズを決めている。軽くかしげた顔に左手を当て、その小指を気取って唇のほうへ曲げてみせるポーズだ。目のあらいヘアネットが豊かな縮れ髪を包んでいるが、それがしどけなくうなじに掛かっている。ブラウスの胸元には、黒いビロードのゆるやかなリボンで、イタリア産モザイクのペンダントが下がっていた。大きくゆったりと結んだ黒ビロードのベルトも、椅子の背にあご紐でひっかけた鍔広の柔らかな麦わら帽子も、すべてが彼女をいっそうあどけなく見せている。垂らした右手は閉じた本を摑んでいた。

リュシル・ビュコランは植民地生まれの女だった。両親を知らないか、ごく幼いころに両親を亡くしていた。のちに母から聞いた話によると、リュシルは捨て子か孤児で、そのころまだ子供のいなかったヴォティエ牧師の家に引きとられた。ヴォティエ夫妻はマルティニーク島[2]をひき払ったあと、しばらくして、ビュコラン一家が住むル・アーヴルにリュシルを連れてやって来た。ヴォティエ家とビュコラン家は付きあうようになった。当時、僕の伯父は海外で銀行勤めをしており、三年経って家族のもとに帰ってきたとき、まだ少女だったリュシルに初めて出会った。伯父は彼女に熱を上げ、すぐに求婚したが、それを伯父の両親と僕の母はひどく嘆いた。そのとき、リュシルは一六歳だった。この間、ヴォティエ夫人にはふたりの子供が生まれていたが、夫人はこの子供たちにたいして血のつながらない姉が悪影響を及ぼすことを恐れはじめていた。リュシルの性格は月日が経つにつれて歪(ゆが)んでいったからだ。それに暮らしむきも楽ではない……そうした事情のせいで、母の説明によれば、ヴォティエ夫妻は、母の兄の求婚を大喜びで受けいれたのだ。さらに、これは僕の想像だが、リュシルという娘はヴォティエ夫妻にとって大きな悩みのたねになりだしていたのではないだろうか。ル・アーヴルという町の気風を知っていれば、この町の人々が、こんなにも男を引きつける魅力をもった娘にたいしてどんな態度に出るか、容易に想像がつく。僕がのちに知ったヴォティエ牧師は、温和で、慎重で、純朴で、たくらみごとには逆らうことができず、悪を前にしてはまったく無力な人だった——そんなわけで、この好人物は追いつめられていたにちがいない。ヴォティエ夫人に関しては、僕は何も語ることができない。彼女は四番目の子供の出産のときに亡くなった。この男の子アベルは僕とほぼ同じ年齢で、その後、僕の友人になる……。

リュシル・ビュコランは僕たちの生活にほとんど関わりをもたなかった。昼食が終

2 カリブ海に浮かぶ南国の島。17世紀以来現在までフランス領。

わらなければ寝室から降りてこないし、降りてきてもすぐにソファかハンモックに横たわり、夕方まで寝転がったままで、それからようやくもの憂い動きで身を起こすのだった。彼女はときどき、額(ひたい)が完全に乾いているのに、まるで汗ばんだのを拭うかのようにハンカチを当てた。そのハンカチのいかにも高級そうな感じと、そこから放たれる花より果実に近い芳香に僕は酔わされた。ときおり彼女は、さまざまな小物と一緒に、懐中時計用の鎖をつけた、銀のすべり蓋(ぶた)で開く小さな鏡を黒ビロードのベルトのあいだから取りだした。そして、鏡で自分を見ながら、指を唇につけてちょっと唾(つば)で濡らし、それで両方の目尻を潤した。本を持つことが多かったが、本はたいてい閉じたままだった。そのページには、鼈甲(べっこう)のペーパーナイフが挟まっていた。誰かが彼女に近づいても、自分の夢想にふけったまま、その目は人を見ようとはしなかった。しばしば、投げやりで疲れている彼女の手から、また、ソファの肘掛(ひじかけ)やスカートの襞(ひだ)から、ハンカチや本や花や栞(しおり)などが、床にすべり落ちた。ある日、僕が本を拾いあげてやったとき——子供のころの思い出だが——それが詩集であることに気づいて、なぜか僕の顔は赤くなってしまった。

夜、夕食が済むと、リュシル・ビュコランは僕たち家族のテーブルには近よらず、ピアノの前に座って、ショパンのゆったりしたテンポのマズルカを得意げに弾くのだった。そして、ときには曲の流れを中断して、ひとつの和音を弾いただけで指を止めてしまうこともあった……。

僕はこの伯母にたいして、奇妙な居心地の悪さ、つまり、とまどいと憧れと恐怖が入り混じった感情を抱いていた。たぶん、漠然とした本能のようなものから、彼女を警戒すべきだと感じていたのだろう。それに、伯母が僕の母とフローラ・アシュバートンを軽蔑していること、また、ミス・アシュバートンがリュシルを恐れ、僕の母が彼女を嫌っていることも分かっていた。

リュシル・ビュコラン、あなたのことを僕はもう恨みたくないし、あなたがみんなにひどい苦しみをあたえたこともしばらく忘れていたい……だが、いまは、ともかく怒りを交えずに、あなたのことを語ってしまおうと思う。

その年の夏のある日――あるいは翌年の夏だったかもしれない。というのも、出来事の舞台がいつも同じ場所なので、僕の記憶はときに重なりあって、ごちゃごちゃになってしまうのだ――、僕が本を探しに客間に行くと、伯母がいた。すぐに引き返そうとすると、いつもなら僕など目に入らない様子の彼女が、声をかけて呼びとめた。

「なぜそんなに急いで行っちゃうの？　ジェローム！　あたしが怖いのかな？」

心臓をどきどきさせながら、僕は彼女のほうに近づき、勇気を出して微笑(ほほえ)みかけ、手を差しだした。その手を伯母は片手で摑まえ、もう一方の手で僕の頰を愛撫した。

「かわいそうな子、お母さんはなんてひどい格好をさせてるんだろう！……」

そのとき僕は大きな襟のセーラー服を着ていたが、伯母はその服をしわくちゃになるほど弄(いじ)った。

「セーラー服の襟はもっと大きく広げなくちゃね！」そう言いながら、シャツのボタンをひとつ引きちぎってしまった。「ほら！　ずっとよくなったから見てごらんなさい！」そして、小さな鏡を取りだし、自分の顔に僕の顔を引きよせてくっつけると、僕の首にむきだしの腕を巻きつけ、胸のはだけたシャツのなかに手を差しいれて、笑いながらくすぐったいかと尋ね、さらに奥まで手を突っこんだ……。僕が激しく体を震わせたので、セーラー服は破れてしまった。顔を真っ赤にした僕に、伯母は大きな声でこう言った。

「あらあら！　ほんとにおばかさんね！」そのあいだに僕は逃げだし、庭の奥まで走った。そして、菜園の小さな貯水槽にハンカチを浸し、額に押しあてて、頬や、首や、あの女性が触れたすべての場所を洗い、こすったのだった。

リュシル・ビュコランは「発作」を起こすことがあった。それが突然、彼女に襲いかかると、家じゅうが大騒ぎになる。ミス・アシュバートンが急いで子供たちを集め、恐怖をまぎらわしてやろうとするのだが、寝室か客間から上がる恐ろしい叫び声を僕たちの耳に入れないことは不可能だった。伯父が大慌てで、タオルや気付け用の香水やエーテルを取りに廊下を走る足音が聞こえた。そんな夕方には、伯母がまだやって来ない食卓で、伯父は不安げな老人の顔になったままだった。

発作がほぼ収まると、リュシル・ビュコランは子供たちをそばに呼びよせる。だが、それはいつもロベールとジュリエットだけで、アリサはけっして呼ばれなかった。こうした悲しい日にアリサはずっと自分の部屋に閉じこもっていたので、ときどき父親がアリサの様子を見に行った。父親は娘とよく話をしていたからだ。

伯母の発作はこの家の使用人たちをひどく怯(おび)えさせた。発作がとくに激しかった夜、僕は母から、一緒に母の寝室にいるように命じられていた。そこならば、客間からの声や物音がよく聞きとれないからだ。しかし、料理人の女が廊下を走りながら叫ぶ声が聞こえてきた。

「旦那さま、はやく降りてきてください。かわいそうに奥さまが死んでしまいます！」

伯父はアリサの部屋に上がっていたので、母が寝室を出て、伯父を呼びに行った。一五分後、母と伯父が僕の残されていた寝室の前を通りすぎた。ふたりは寝室の窓が開いていることに気づかなかったため、母の声は僕のところまで届いた。

「はっきり言いましょうか、こんなことはぜんぶお芝居よ」そして、言葉を区切って何度もくり返した。「お・し・ば・い」


これは、父の死から二年経った夏休みの終わりころに起こったことだ。その後、もう伯母とはしばらく会う機会がないはずだった。ここで、僕たちの家族を動転させたあの悲しむべき事件について、また、この事件の直前に起こって、僕がリュシル・ビュコランに抱いていた複雑で曖昧な感情を完全な憎しみに変えた小さな出来事について語る必要があるが、その前に、従姉（いとこ）のアリサのことを話しておくべきだろう。

アリサ・ビュコランの美しさに、僕はまだ気づいていなかった。彼女に引きつけられ、離れられなかったのは、単なる美しさとは異なる魅力のせいだった。たしかにアリサはとても母親に似ていたが、目の感じがまったく違っていた。だから僕がふたりが似ていると気づいたのも、ずっとあとになってからだ。僕は他人の顔の印象をうまく説明することができない。そうしようとするとかえって顔だちが曖昧になり、目の色まで分からなくなってしまうのだ。僕が思いだせるのは、アリサの微笑みにすでに湛(たた)えられていた悲しみの色と、眉の線だけだ。アリサの眉は目からとても離れて、その上に高く大きな弧を描いていた。あんな眉はほかに見たことがない……いや、ダンテの時代のフィレンツェの小さな彫像には見られたし、子供時代のベアトリーチェの眉ならばこんなふうにひどく大きなアーチを描いていたことも想像できる。この眉のおかげで、アリサのまなざしには、いや、彼女の存在そのものに、不安そうにも見えれば、人を信頼しきっているようにも見える、何かを問いたげな表情が生まれていた――そう、熱っぽく何かを問いかけるような気配。アリサにあっては、すべてが問いかけであり、いつでも何かを待ちのぞんでいるように見えた……。僕がこれから話そうとしているのは、どのようにしてこの問いかけが僕をとらえ、僕の人生を作りだしたかという物語だ。

とはいえ、ひと目見たところでは、妹のジュリエットのほうが美しかったかもしれない。快活さと健康の輝きがジュリエットを包んでいたからだ。しかし、姉の気品の前では、妹の美しさは外面的なものでしかないように思われ、誰が見てもすぐに理解できる程度のものだった。従弟のロベールに関しては、とくに際だった特徴はなかった。単に僕とほとんど同い年の少年というだけだ。僕はジュリエットとロベールとは一緒に遊ぶだけだったが、アリサとは話をした。アリサは僕たちの遊びにほとんど加わらなかった。どんなに深く記憶を探ってみても、アリサはいつも生真面目で、やさしく微笑みを浮かべ、物思いにふける様子しか思いだせない。――僕たちはどんな話をしていたか？　子供ふたりにどんな話ができたか？　あとでそのことも語りたいと思うが、まずは、もう二度と伯母の話をしないで済むよう、彼女に関する事実をすっかりお話ししておこう。

父の死の二年後、僕たち、つまり母と僕は、復活祭の休みを過ごすためにル・アーヴルを訪れた。そのとき伯父の一家は町なかに住んでいて、家が手狭だったので、僕たちはそこには泊まらず、もっと広い邸宅に暮らす母の姉のところに世話になった。

ほとんど会う機会のなかったこのプランティエ家の伯母は、長いこと未亡人として暮らしていた。子供もいたが、僕よりずっと年上で、性格もぜんぜん違ったので、この従兄(いとこ)たちとはほとんど付きあいがなかった。ル・アーヴルで「プランティエのお屋敷」と呼ばれるその家は町なかではなく、町を見下ろす通称「山の手」と呼ばれる丘陵の中ほどにあった。ビュコラン一家は商業地区のそばに住んでいたが、細い急な坂を歩けば双方の家を短時間で行き来することができた。僕はその坂を一日に何度も駆けおりたり、上ったりした。

その日、僕が伯父の家で昼食をとったあと、まもなくして伯父は外出した。僕は一緒に伯父の仕事場まで行ったあと、母に会いにプランティエの屋敷まで上っていった。戻ってみると、母は伯母と出かけて夕食まで帰ってこないと知らされた。すぐに僕は町に降りた。自由に歩きまわれる機会などめったになかったからだ。港まで行ってみたが、海からの霧のせいで陰鬱(いんうつ)な感じがした。一、二時間、波止場をぶらつくと、不意に、さっき別れたばかりのアリサに顔を見せて驚かせたいという気持ちが湧きあがってきた……。僕は走って町を横切り、ビュコラン家のベルを鳴らしたものの、そのまま屋敷の階段を駆けあがった。扉を開けた家政婦が僕をひき止めた。

「ジェロームさん、だめですよ！　上がらないで、奥さまが発作を起こしているんです」

だが、僕は無視した。――僕が会いに来たのは伯母ではない……。アリサの部屋は四階にあった。二階には客間と食堂があり、三階は伯母の部屋で、そこから声が聞こえてきた。扉が開いていたが、その前を通らなければならない。部屋から光がひとすじ射して、階段の上がり口を照らしている。僕は自分が見られることを恐れて一瞬ためらったが、部屋の扉の陰に隠れた。そして、なかの光景を見て、呆然とした。窓のカーテンは閉ざされていたが、ふたつの燭台の蠟燭が部屋を明るく照らしだし、中央の長椅子に伯母が横たわっていた。その足もとにはロベールとジュリエットがいる。伯母の背後には、陸軍中尉の軍服を着た見知らぬ若い男がいた。――いま考えれば、そこにふたりの子供がいたことはおぞましいとさえ思えるが、まだものを知らない当時の僕は、子供たちが一緒にいたことでむしろ安心したのだ。

ロベールとジュリエットは見知らぬ男を眺めながら笑っていた。男は甘ったるい声でこんな言葉をくり返していた。

「ビュコラン！　ビュコランねえ！……僕が羊を飼っていたら、きっとビュコランて名前をつけるでしょうね」[3]

伯母も一緒に大声を上げて笑っていた。僕がこっそり観察していると、伯母は若い男に紙巻煙草を差しだし、火をつけさせてから、一、二度煙を吹かした。煙草が床に落ちると、男はそれを拾うために飛びだし、マフラーに足が絡まったふりをして、伯母の前に膝をついた……。このばかげた芝居のおかげで、僕は姿を見られずに、部屋の前を通りぬけることができた。

アリサの部屋の前に立った。すこし待つ。笑いと歓声が下の階から上がってくる。たぶんそのせいで扉をノックした音が消されたのだろう。返事は聞こえなかった。扉を押すと、音もなく開いた。部屋のなかはもう薄暗くなっていて、すぐにはアリサの姿を見分けられなかった。彼女は夕陽の射してくるガラス張りの格子窓に背を向けて、ベッドの枕もとにひざまずいていた。僕が近づいていくと、こちらを向いたが、立ち

3　ビュコラン（Bucolin）は bucolique（田園詩、牧歌的恋愛）を連想させるが、bucolique は語源的に「牧人」「羊飼い」に由来する。

あがろうとはせず、つぶやくように言った。

「まあ！ ジェローム、なぜ戻ってきたの？」

僕はアリサにキスしようとして身をかがめた。彼女の顔は涙ですっかり濡れていた……。

この瞬間が、僕の人生を決めた。そのときのことを思いだすと、いまでも胸が苦しくなる。おそらく僕はアリサの悲しみの理由をよく理解していたわけではない。だが、この震えおののく小さな魂にとって、このすすり泣きに揺さぶられるかよわい体にとって、その悲しみがあまりに大きすぎることはひしひしと感じられた。

僕はアリサのそばに立ったままで、彼女は床にひざまずいたままだった。僕の心のかつてない昂ぶりについて、どう説明していいか分からなかった。だが、アリサの顔を胸にひき寄せ、唇を彼女の額に押しあてていると、僕の唇からは魂があふれだしてくるのだった。僕は愛と憐れみに酔い、熱狂と献身と美徳のいり混じる自分の感情に酔って、力のかぎり神に訴えた。自分の命にはこの少女を恐怖と悪とこの世の苦しみから守ること以外に目的はないと考え、それを進んで実行に移そうとしていたのだ。

そして、神への祈りで胸をいっぱいにしながら、自分もひざまずき、アリサをかばうように抱きしめた。すると、聞きとれないほどの声で彼女はこう言った。

「ジェローム！ 誰にも見られなかったわね？ お願い、早く出ていって！ 見つかるといけないわ」

それから、声を低くしてつけ加えた。

「ジェローム、誰にも言わないで……かわいそうに、お父さんは何も知らないの」

だから僕は母に何も言わなかった。しかし、プランティエの伯母と母はたえずひそひそと話をしては、ふたりとも何か隠しているような、落ちつきのない、心配そうな様子をしていた。そして、僕が内緒話をするふたりに近づくたび、「あなたはあっちで遊んでいなさい！」と言って追いかえしたので、伯母と母がビュコラン家の秘密についてまったく知らないわけではないと察しがついた。

僕たちがパリに帰ると、すぐに一通の電報が届いて、母はル・アーヴルに戻らなければならなくなった。ビュコランの伯母が家出をしたというのだ。

「誰と？」と僕は、一緒にパリに残されたミス・アシュバートンに尋ねた。

「そんなことはお母さんに聞いて。わたしからは何も言えない」と年老いた母の親友はこの出来事に困惑しきって、そう答えただけだった。

二日後、ミス・アシュバートンと僕は、母のところへ出発した。土曜だった。だから翌日の日曜には教会で従姉妹たちと会えるはずで、そのことだけを僕は考えていた。というのも、教会で会うことによって僕たちの再会が清められることを、僕は子供心にひどく重大なことだと思っていたからだ。いずれにしても伯母のことはほとんど気にならなかったし、そんなことで母に質問するのは自尊心が許さなかった。

日曜の朝、小さな礼拝室に人は少なかった。たぶん何かの意図があったのだろうが、ヴォティエ牧師がその日の説教のために引用したのは、イエス・キリストの「力を尽して狭き門より入れ」という言葉だった。

アリサは僕の数列前の席にいた。横顔が見えた。じっと彼女を見つめていると、自分のことなど忘れてしまい、一心不乱に耳を傾けている聖書の言葉が、アリサをとおして聞こえてくるもののように思われた。——伯父は母の隣に座って、涙を流していた。

牧師はまず聖書の一節をすべて読みあげた。「『狭き門より入れ、滅にいたる門は大きく、その路は広く、之より入る者おほし。生命にいたる門は狭く、その路は細く、之を見出す者すくなし』[4]」。それから話の内容をいくつかにはっきりと分け、まず、「広い路」について語りはじめた……。僕は頭がぼんやりして、夢のなかにいるように、伯母の部屋で起きたことを思いうかべていた。寝そべって、笑っている伯母の姿が見える。仰々しい身なりの中尉も笑っている……すると、笑うということ、喜ぶということが、人を傷つけ、侮辱する行為であり、罪悪の忌まわしい誇示であるように思われた。

「『之より入る者おほし』」とヴォティエ牧師は続けた。そして、着飾り、笑い、浮かれて進む群衆の様子を語ったので、僕の心にもその姿が見えた。人々は行列を作っていたが、僕はその仲間になることはできないし、仲間になどなりたくないと感じてい

4　『マタイによる福音書』七章一三～一四節。「狭い門から入りなさい。滅びに通じる門は広く、その道も広々として、そこから入る者が多い。しかし、命に通じる門はなんと狭く、その道も細いことか。それを見いだす者は少ない」。以下、本文では日本聖書協会文語訳、訳注では新共同訳を用いる。

た。彼らとともに一歩進むごとに、僕はアリサからどんどん遠ざかる気がしたからだ。——それから、牧師が引用の最初の部分に戻ると、僕は力を尽くして入るべきあの狭き門を見た。僕が入りこんだ夢想のなかで、狭き門は金属を押しつぶす圧延機のようなものに思われた。僕は一生懸命、激しい苦痛に耐えてそこに体をすべりこませていく。しかし、その苦しみのなかには、すでに天から約束された祝福の感覚が含まれている。それから、門はアリサの部屋の扉になった。そこに入るために、僕は体をぎゅっと細く絞りあげて、自分のなかに残っているエゴイズムをすべて捨てさらなければならない……。「『生命（いのち）にいたる門は狭く』」とヴォティエ牧師が続ける——さらに僕は、あらゆる苦行と悲しみをこえて、これまで経験したことのない喜び、純粋で神秘的で天使のような喜びを想像し、予感しさえした。僕の魂はそれを渇望していた。僕には、その喜びが、鋭いけれどもやさしいヴァイオリンの音色のように思われた。それは激しい炎でもあり、そのなかでアリサと僕の心は燃えつきるのだ。僕たちはふたりともに『黙示録』に出てくる白い衣[5]を身にまとい、手を握りあって、同じ目的にむかって進んでいく……。子供っぽい夢だと笑われてもかまうものか！　僕は何度でも同じ夢を語るつもりだ。こんな説明のしかたには分かりにくさが感じられるかもしれない。だが、それは、あまりに鮮明な感覚を表現するにも、言葉に頼り、不完全な比喩を用いざるをえないからだ。

「『之を見出す者すくなし』」ヴォティエ牧師は話を終えようとしていた。そして、どのようにして狭き門を見出すべきかを説明した……「之を見出す者すくなし」――だが僕は見出す者のひとりになる……。

説教の終わり近くになると、精神の緊張がぎりぎりまで高まり、礼拝式が終わると同時に、僕は従姉に会おうともせず、逃げるようにそこを立ち去った――自尊心から。自分の決意を（すでに決意していたのだ）すぐさま試練にかけようとして。また、いまより彼女にふさわしい人間になるためには、ただちに彼女から離れることができなければならないと考えたから。

5 『ヨハネの黙示録』三章四～五節。「彼らは、白い衣を着てわたし［神］と共に歩くであろう。そうするにふさわしい者たちだからである。勝利を得る者は、このように白い衣を着せられる」

Ⅱ

そんなわけで、こうした厳しい選択のなかに、あらかじめ準備の整った魂、生まれながらに義務を好む魂が飛びこんでいったのだ。もともと、父と母は僕の幼い心の高まりをピューリタン的な規律で抑えこんでいた。その規律に、父と母の人としてのお手本のような行動が加わって、僕の魂は美徳と呼ばれる欲望の禁圧に向かった。僕にとって、ほかの人が楽な道を選ぶのと同じくらい、苦しい道を選ぶことが自然だった。厳しい規則を無理やり守らされても、僕は不快に思うどころか、むしろうれしい気持ちになるのだった。未来の幸福を求めるより、未来の幸福に向かうための絶えまない努力を欲していたので、美徳をすでに幸福だと思いこんでいた。もちろん、まだ一四歳の子供だから、考えは固まらず、どんなふうに変わってもおかしくなかった。だが、アリサへの愛のために、ほどなく、自分で決めた方向へと一心につき進むことになった。それは突然の、内面的な啓示だった。そのおかげで、僕は自分自身というものを知ることになった。つまり、僕は、自分の殻に閉じこもり、外に出ようとせず、人生への期待だけは大きいが、他人にほとんど訴えようとしない、覇気に乏しいたちで、何かに勝利することを考えたとしても、自分にうち勝つことだけしか思いつかないような人間だった。勉強好きなだけでなく、遊ぶときでも、頭を使ったり、難しい挑戦をしたりすることに夢中になった。同い年の友だちとあまり交際しなかったし、一緒に遊ぶことがあっても、それは親愛の気持ちを表すためか、相手への気くばりからでしかなかった。にもかかわらず、アベル・ヴォティエとは交友が始まった。彼はこの翌年、パリに出てきて、僕と同じ学校のクラスに入った。愛想がよく、おっとりした少年で、僕は彼に一目置くというより、漠然とした親しみを感じていただけだが、彼とならば、すくなくともル・アーヴルやフォングーズマールの話をすることができた。僕の考えはともすればそれらの土地に舞いもどったからだ。

従弟（いとこ）のロベール・ビュコランも同じ中学の寄宿舎に入れられていたが、二年下のクラスで、彼に会うのは日曜だけだった。ロベールはアリサとジュリエットにほとんど似ていなかったし、彼女たちの弟でなければ、ロベールに会ってもぜんぜんうれしいとは思わなかっただろう。

当時の僕は自分の愛に夢中だったので、その愛の光に照らされてはじめて、アベルとロベールとの付きあいも意味をもったのだ。アリサは福音書に語られる高価な真珠のようなものだった。[1]僕はその真珠を得るために自分の財産をすべて売りはらう男だ。まだ子供の僕が、従姉(いとこ)に抱(いだ)いた感情を愛と名づけ、愛について語るのはおかしいだろうか？　だが、その後、僕が経験したなかで、これ以上、愛の名にふさわしいものはない——それに、僕がひどい性欲に悩まされるようになったときでも、僕の感情の本質はほとんど変わらなかった。子供のとき、僕はなんとかしてアリサにふさわしい人間になりたいと思っていた。だが、アリサをもっと直接的なやりかたで自分のものにしようなどとは想像もしなかった。仕事、努力、慈善活動、すべてを神秘的な気持ちでアリサに捧げ、自分が彼女のためだけにしていることを、彼女にはそうだと気づかせないようにして、美徳を磨きあげていったのだ。こうして僕は、謙虚さという陶酔に満たされ、自分の楽しみから遠ざかり、哀れなことに、なんらかの努力を要することしか受けいれなくなっていった。

こんなふうに競争心に駆りたてられていたのは僕のほうだけだったろうか？　アリ

サはそんなことを感じている様子を見せず、彼女のためだけに力を尽くす僕のせいで何かをする、あるいは、僕のために何かをするつもりなどまったくないようだった。飾り気のない彼女の魂のなかでは、すべてがこの上なく自然な美しさを保っていた。彼女の美徳にはのびのびとした優雅さがあふれ、それはまるで投げやりなようにも見えた。子供らしい微笑み(ほほえ)のおかげで、そのまなざしの生真面目さも彼女の魅力になっていた。なんとも甘く、やさしい、もの問いたげなアリサのまなざしが上目づかいになるところがいまでも目に見えるようだ。そして、傷心の父親がこの娘に助力と相談相手と慰めを求めたわけを理解できた。その翌年の夏、僕は伯父がよくアリサと話しているところを見かけた。悲嘆のせいで伯父はすっかり老けこんでいた。食事のときもほとんど口をきかず、ときには、笑顔を無理に作るのだが、それは黙りこんでいるときよりつらそうに見えた。夕方、アリサが迎えに行くまで、伯父は書斎にこもって

1 『マタイによる福音書』一三章四五〜四六節。「天の国は次のようにたとえられる。商人が良い真珠を探している。高価な真珠を一つ見つけると、出かけて行って持ち物をすっかり売り払い、それを買う」

煙草をふかしている。そして、いくら言ってもなかなか外へ出ようとはしない。アリサがそんな父親をまるで子供のように庭にひっぱり出した。娘と父親は並んで花の咲く小道を下り、菜園の石段の近くにある、椅子の出してある円形の広場で腰を下ろすのだった。

ある日の午後、僕は芝生に寝転がって遅くまで本を読んでいた。その芝生は赤みがかった大きなブナの木立の陰にあって、花の咲きみだれる小道とは月桂樹の垣根で隔てられている。たがいに姿は見えないが声は聞こえるので、僕はアリサと伯父の会話を耳にした。たぶんふたりはロベールのことを話していたのだろう。そのときふとアリサの口から僕の名前が洩れた。ふたりの話が徐々に聞きとれるようになったとき、伯父が大きな声で言った。

「そうだな！　あの子だったらこれからもずっと勉強好きだろうね」

その気もなく立ち聞きしてしまい、僕はその場を立ち去るか、なんとか自分がそこにいることをふたりに伝える手立てはないかと考えた。だが、どうやって？　咳払いをして？　それとも、「僕がここにいます！　話が聞こえてますよ！」とでも叫ぶのか……僕がそこでじっとしていたのは、もっと話を聞きたいという好奇心からではなく、気まずさと小心さからだった。それに、ふたりはそこを通りすぎようとしていただけだし、会話もさほどはっきりとは聞きとれなかった……。ところが、ふたりの足どりは思いのほかゆるやかだった。たぶんアリサはいつものように腕に軽い籠をかけ、しおれた花を摘みとったり、しばしば寄せてくる海からの霧のせいでまだ青いまま垣根の下に落ちてしまった果実を拾ったりしていたのだろう。彼女の澄んだ声が聞こえた。

「お父さん、パリシエの伯父さまは偉い人だったの?」

ビュコラン伯父の声は低く、こもっていたので、答えは聞きとれなかった。アリサは重ねて聞いた。

「とても偉い人だったんでしょう?」

ふたたびひどく曖昧な答えが返った。するとアリサはさらに尋ねた。

「ジェロームは頭がいいわよね?」

聞き耳を立てずにいられるだろうか?……だが、やはり何も聞きとれない。アリサは続けた。

「お父さんはいつかジェロームが偉い人になると思う?」

このとき、伯父は声を荒らげた。

「ねえ、お前、聞きたいんだが、『偉い』とはどういう意味かな！　世間の目からはそう見えなくても、とても偉い人だっているんだよ……神の目から見れば、とても偉い人が」

「わたしもそういう意味で言っているのよ」アリサは答えた。

「それなら……いまはまだ分からないだろう？……まだ若すぎるし……。そう、たしかに、あの子は将来有望だ。でも、それだけで成功するとはかぎらない……」

「ほかに何が必要なの？」

「さあ、なんと言えばいいか？　信頼とか、支えとか、愛とか……」

「支えってどういうこと？」アリサは口を挟んだ。

「愛情と尊敬、私にはあたえられなかったものだ」伯父は悲しげに返答した。それきり、ふたりの声は完全に聞こえなくなった。

夕べのお祈りのとき、僕は意図的にそうしたのではないが立ち聞きしたことを後悔し、その過ちをアリサに告白しようと心に決めた。もっとも、そうすることでもうすこし詳しい話を聞きたいという気持ちもあったかもしれない。

翌日、僕が話しはじめるとすぐに彼女は言った。

「でも、ジェローム、立ち聞きするなんてとてもいけないことよ。わたしたちに声をかけるか、そのままどこかへ行ってしまえばよかったのに」

「違うよ、立ち聞きしたんじゃなくて……聞くつもりはなかったけれど、聞こえてしまったんだ……。それに、君たちのほうが通りかかったんだ」

「ゆっくり散歩していただけよ」

「ああ、でもほとんど耳に入らなかったし、すぐにぜんぜん聞こえなくなった……。ねえ、君が成功には何が必要かって尋ねたとき、伯父さんはなんて答えたんだい？」

「ジェローム」アリサは笑いながら言った。「やっぱり聞こえてたんじゃない！ わたしにもう一度言わせて、からかうつもりなんでしょ」

「そうじゃない、聞こえたのは初めだけだ……伯父さんが、信頼とか、愛とか言ったところだよ」

「そのあと、ほかのことがもっとたくさん必要だと言ったわ」

「で、君はなんて返事したんだい？」

突然、アリサはひどく真面目な顔になった。

「父が人生には支えが必要だと言ったから、ジェロームにはお母さんがいるわって答えたの」

「そんなこと！　アリサ、母がいつまでもいてくれるとはかぎらないじゃないか……。それに、母はただの支えなんかじゃなく、もっと大事なものだ」

アリサはうつむいた。

「父も同じことを言ったわ」

僕は震えながら彼女の手を摑んだ。

「僕がこれからどんな人間になるとしても、そうなりたいと思うのは君のためだけだ」

「でも、ジェローム、わたしだっていつまでもあなたと一緒にいられるとはかぎらないわ」

僕は言葉に心をこめた。

「僕は君と永遠に一緒だよ」

アリサはわずかに肩をすくめた。

「あなたはひとりで歩けないほど弱いの？　わたしたちみんな、神さまのところにはたったひとりで行くしかないのよ」

「でも、その道を教えてくれるのは君だ」

「なぜキリストのほかに導き手が必要なの？……わたしたちふたりが神さまにお祈りをして、おたがいのことを忘れてしまったときにこそ、わたしたちは本当に近づくことができるの。そう思わない？」

「そうだな、神さまにはふたりを一緒にしてくださいとお祈りするよ」と僕は口を挟んだ。「毎朝、毎晩、そうお願いしてるんだ」

「神さまのなかでひとつになるというのがどんなことか、あなたには分からないのね？」

「とんでもない、よく分かってるさ。ふたりが同じものを心から愛し、その愛ですべてを忘れて、おたがいをふたたび見出すことだ。君が愛するものを僕が愛するのも、そこに君を発見したい一心からだと思う」

「あなたのいう愛は純粋じゃないわ」

「これ以上どうしようもないよ。天国だって、そこで君と会えないんなら、くだらないものでしかない」

アリサは唇に指をあて、重々しい口調で言った。

「『まづ神の国と神の義とを求めよ』[2]」

こうして僕たちの会話を書き写していると、子供の会話が意外に真面目なものになることを知らない人にとっては、子供らしくない言葉だと感じられるかもしれない。でも、どうしたらいいのだろう？　言い訳なんかしたくないし、言葉が自然に感じられるように、言いつくろうこともしたくないのだから。

僕たちはラテン語訳の福音書をもっていて、そのなかの長い文句を暗記していた。アリサは弟の勉強を助けるという口実で、僕と一緒にラテン語を学んだ。しかし、それは僕と同じ本を読みたいためではなかったかと思う。じっさい、僕のほうも、アリサがついてこないと思う勉強にはほとんど興味を感じなかった。それで勉強の速度が落ちたことはあるかもしれないが、ふつうみんなが考えるのと違って、僕の精神の飛躍が妨げられることはなかった。むしろ逆に、どんな勉強をしていても、アリサは僕の前に立ってのびのびと進んでいくように思われた。僕の精神のほうが、アリサに従って、進む道を決めていたのだ。そのころ僕たちが興味を抱き、「考えごと」と呼んでいたものは、しばしば僕にとって、より巧妙な心の一体感を得るための口実であり、感情の偽装、愛をおおい隠すことにほかならなかった。

　母は、初めのうち僕の感情の深さを想像することができず、不安に思っていたはずだ。だが、自分の健康の衰えを感じはじめたいま、僕とアリサを結びつけて、母親としての感情のなかで一緒に抱きとめたいと思うようになっていた。母は長いこと心臓を患ってきたが、そのころますます頻繁に不調を訴えるようになった。とくにひどい発作に見舞われたとき、僕を病床に呼びよせて言った。

「ねえジェローム、お母さんもずいぶん年をとったわ。だから、いつ突然、あなたをひとりで残していくかもしれない」

　ひどく息切れがして、母は黙りこんだ。僕は思わず大きな声で、母が待ち望んでいるはずの言葉をかけた。

「母さん……分かっていると思うけれど、僕はアリサと結婚したいんだ」すると、この言葉は母の心のいちばん深い考えと一致したらしく、すぐにこう続けた。

「そうなのよ、ジェローム、わたしが言いたかったのもそのことなの」

「母さん！」僕の言葉はすすり泣きに変わっていた。「アリサは僕を愛してくれるだ

2　『マタイによる福音書』六章三三節。「何よりもまず、神の国と神の義を求めなさい」

ろうか？」

「もちろんよ」母は何度もくり返した、「もちろんよ」と。だが、話をするのも苦しそうだった。そして、こうつけ加えた、「何事も神さまにお任せするのよ」それから、そばに身を寄せていた僕の顔に手を当てて、さらにこう言った。

「神さまがあなたがたを守ってくれますように！　あなたがたふたりを守ってくれますように！」そして軽いまどろみに落ちていったので、僕は母をそっとしておいた。

こんな会話は二度と交わされることがなかった。翌日、母の体調は回復した。僕は授業を受けに学校へ出かけたので、打ち明け話のような母との会話は、沈黙のなかに置きざりにされたのだ。だが、それ以上何を知ることができただろう？　アリサが僕を愛していることを、僕は一瞬たりとも疑いはしなかった。かりに疑ったことがあったとしても、続いて起こった悲しい出来事によって、そんな疑いは永久に僕の心から消えてしまうことになった。

ある夕方、僕とミス・アシュバートンに両側から見守られて、母はとても安らかに息を引きとった。母の命を奪った最後の発作は、前の発作に比べて最初はさほど激しいものとは思われなかった。危険な様相を呈したのは終わりごろになってからで、そのため親戚の誰ひとり臨終に駆けつけることができなかった。この通夜の晩、僕はミス・アシュバートンとふたりで、愛する母の遺体を見守った。僕は心の底から母を愛していたが、涙は流れたものの、自分のなかに激しい悲しみが湧きあがらないことに驚いた。僕が泣いたのは、ミス・アシュバートンを哀れに思ったからだ。彼女は自分よりずっと年下の親友がこんなふうに神に召される様子を目のあたりにしなければならなかった。そのいっぽうで、僕はひそかに、母の死のおかげで従姉が自分のところに急いでやって来るだろうと考えて、悲しみをなんとか抑えることができた。

翌日、伯父が到着した。伯父は娘の手紙を差しだした。アリサはプランティエ伯母さんと一緒に翌々日にならなければ来られないとのことだった。アリサはこう書いていた。

……ジェローム、わたしの親友、わたしの弟、お母さまが亡くなる前に、あのかたが望んでいた満足のいく言葉をお伝えすることができなくて、どんなに悲しいことでしょう。いまはただお母さまがわたしを許してくださいますように！　そして、今後は、神さまだけがわたしたちを導いてくださいますよう！　さようなら、気の毒なお友だち。わたしはこれまで以上に心をこめて、あなたのアリサです。

この手紙はどういう意味だったのか？　アリサが母に伝えられなくて残念だったという言葉は、僕とアリサの婚約を意味するものだったはずだ。もちろん、僕はまだ若かったので、すぐにアリサに結婚を申しこむことはしなかった。それに、彼女の約束を取りつける必要などあっただろうか？　僕たちはすでに婚約したも同然ではないか？　僕とアリサが愛しあっていることは、僕たちの親戚のあいだではもはや秘密でもなんでもなかった。伯父も、母も、まったく反対していなかった。それどころか、伯父は僕のことをとっくに息子同様に扱ってくれていたのだ。

数日後から復活祭の休みが始まり、僕はル・アーヴルのプランティエ伯母さんの家で休暇を過ごしながら、食事はほとんど毎回ビュコラン伯父のところでとった。

フェリシー・プランティエ伯母はこの上なく善良な女性だが、僕も従姉妹（いとこ）たちもあまり親近感を抱いていなかった。彼女はいつも大忙しで息を切らせていた。その動作

にはやさしさがなく、声の調子もぶっきらぼうだった。一日のどんな時間であろうと、
僕たちが可愛くてたまらなくなると、その欲求にまかせて僕たちを撫でさすった。
ビュコラン伯父はこの姉をとても愛していたが、伯父が彼女に話しかけるときの声の
調子を聞けば、伯父が彼女よりも僕の母のほうをどれほど好きだったか、すぐに分
かった。
「ねえ、ジェローム」ある晩、伯母さんは僕に話しかけてきた。「この夏、あなたが
どうする予定か知らないけれど、わたし自身の予定を決める前に、あなたの計画を教
えてもらえないかしら。もしもわたしで役に立つことがあるなら……」
「まだほとんど考えてないんです」と僕は答えた。「どこかへ旅行にでも行こうかと
思って」
伯母は続けた。
「もちろん、わたしのところでも、フォングーズマールでも、自由に遊びに来てかま
わないのよ。フォングーズマールに行けば、伯父さんも、ジュリエットも喜ぶだろう
けど……」
「アリサが、でしょう」

「あらまあ！　ほんとにね……。でもわたしはてっきり、あなたが好きなのはジュリエットだと思いこんでいたの！　伯父さんから聞くまではね……それからまだひと月も経っていないわ……。わたしはね、あなたが大好きだけれど、あなたのことをよく知らないのよ。会う機会が少なすぎるから！……それに、わたしは人の様子をじろじろ観察するようなたちじゃないし、自分に関係のないことをわざわざ立ちどまって眺めているひまもないの。あなたがいつもジュリエットと遊んでいるところを見ていたから……それで、そう思いこんでいたの……ジュリエットはとても可愛いし、とても明るいしね」

「ええ、いまでもジュリエットとは喜んで一緒に遊びますよ。でも、僕が愛しているのは、アリサなんです……」

「結構だわ！　それでいいのよ、あなたの自由なんだから……でもね、ほんとのことをいうと、アリサのこともよく知らないの。妹と違って口数が少ないし、あなたがアリサを選ぶとしたら、きっとそれなりの理由があるんじゃないかと思って」

「でも、伯母さん、アリサを選んで愛したわけじゃないんです。一度も考えたことはなかったな、どういう理由でなんて……」

「怒らないでね、ジェローム。意地悪で言ってるわけじゃないんだから……。あらあら、言おうとしたことを忘れちゃった……。そうだ！　こういうことなの。もちろん、わたしだって、あなたたちが結婚すれば万事めでたく解決だと思うわよ。でも、いまあなたはお母さんの喪に服してるでしょ。だから、すぐ婚約というわけにはいかないわよね、常識的には……それに、あなたはまだ若いし……。お母さんがいないのに、いまあなたがフォングーズマールなんかへ行ったら、変な目で見られやしないかと思って……」

「でも、伯母さん、だからこそ僕はどこかに旅行でもしようかと言ったんです」

「なるほど。そうね！　でも、わたしが一緒にいればうまくいくんじゃないかと思って、この夏、自由にできる時間を作っておいたのよ」

「頼みさえすれば、ミス・アシュバートンだって喜んで一緒に来てくれますよ」

「あの人が来てくれることは分かってる。でも、それだけでは十分じゃないわよ。わたしも行かなくちゃ……。誤解しないでね！　わたしが、あなたのかわいそうなお母さんの代わりになれるなんて思っちゃいないわ」そう言うと、伯母は突然、すすり泣きを始めた。「でも、あなたたちの面倒を見てあげたいの……それに、あなただって、伯父さんだってアリサだって、気づまりに思ったりはしないでしょう」

プランティエ伯母さんは自分がいれば役に立つと勘違いをしていた。むしろ僕たちは、伯母のせいで気づまりに感じるばかりだった。伯母は予告どおり、七月になるとすぐにフォングーズマールへ来て、ミス・アシュバートンと僕がまもなく合流した。伯母はアリサの家事を手伝うという名目で、静けさを保っていたこの家をたえまない騒ぎでかき回した。僕たちが快適に過ごせるように、伯母の口癖を借りれば「万事順調」に運ぶようにとせわしなく働いた。だが、その熱心さはたいてい僕たち、つまりアリサと僕をかえって窮屈な気分に追いこみ、伯母の前で僕たちはほとんど黙りこむようになった。伯母は僕たちのことをずいぶん情の薄い人間だと思ったことだろう……。——だが、僕たちが話をしたところで、伯母に僕たちの愛がどんなものであるか理解できただろうか？——いっぽう、ジュリエットの性格は伯母の騒々しい陽気さとぴったり合っていた。そして、おそらく伯母がこの年下の姪（めい）のほうに特別な愛情を示すせいで、僕はいささか不愉快になり、伯母への親愛の情を抱きにくくなったのかもしれない。

ある朝、郵便が届いたあと、伯母が僕を呼んだ。

「ジェローム、本当に申し訳ないんだけれど、娘が病気で、戻らなくちゃいけないの。あなたを残していくことになるけど……」

僕は、伯母が発ったあともフォングーズマールにいていいのかどうか分からなくなり、つまらない心配ごとで頭をいっぱいにして、伯父に会いに行った。だが、伯父は僕の言葉を聞くなりこう言った。

「姉さんときたら、何を思ってどうでもいいことをわざわざ複雑にするんだろう？　まったく！　どうして君が出ていく必要があるんだ、ジェローム？」と声を荒らげた。「君はもう私の息子も同然じゃないか？」

伯母はフォングーズマールに二週間ほどしかいなかった。伯母が出ていくやいなや、家はひっそりと静まりかえった。新たに家に戻ってきた静謐さは、ほとんど幸福に似ていた。母の喪に服することは、僕とアリサの愛を暗くするどころか、深いものにするように思われた。単調な毎日が始まり、音がよく響く場所にいるように、僕たちの心臓のいちばん小さな鼓動の音さえも聞こえてくるのだった。

伯母が帰って数日後、ある夜、僕たちは夕食のテーブルに着いて、伯母の話をしていた——そのときのことをいまでも思いだす。

「すごい騒ぎだったね！」と僕たちは語りあった。「人生の波が次から次へとうち寄せ、彼女の魂には休息の間もないのだろうか？　愛の美しい姿よ、お前の影はいったいどこへ行ってしまったのか？」……そんな言葉を口にしたのは、僕たちがシュタイン夫人[3]について語ったゲーテの言葉を話題にしていたからだ。ゲーテは夫人についてこう書いていた。「この魂に映る世界の様子が目に見えたとしたら、さぞかし美しいことだろう」それからまもなく、僕たちは世界の価値の序列といったような話を始め、いちばん高い地位に沈思黙考する能力を置いたのだった。すると、それまで黙っていた伯父が悲しげに微笑みながら、僕たちの言葉にこう続けた。

「君たち、神は、どんなに打ち砕かれたもののなかにも、自分の姿を見ることができるのだよ。人の人生の一瞬だけをとって、その人を判断するのはやめたほうがいい。私のかわいそうな姉のなかに君たちの気に入らないことがあったとしても、それにはいろいろな出来事が関わる理由があって、私はその事情をあまりにもよく知っているから、君たちほど姉を悪く言うことはできないんだ。若いときにはとても好ましい性質でも、年をとるにつれて嫌なものに変わることがある。君たちはフェリシーのから騒ぎというが、若いころにはそれは、快活さとか、天真爛漫とか、無邪気とか、愛嬌とかいわれたものだ……。いいかい、フェリシーや私だって、いまの君たちとそう違った人間だったわけではない。ジェローム、私は君によく似ていた。うん、想像以上に似ていたと思うよ。フェリシーもいまのジュリエットにそっくりだった……そう、体つきだって」と言いながら、伯父はジュリエットのほうを向き、「お前の声の響きを聞くと、急にフェリシーが現れたかと思うんだ。お前の笑顔は彼女に瓜ふたつだし——フェリシーはその後そんな仕草をしなくなったが、いまのお前みたいに、ときどき、何をするでもなく、椅子に座って、肘を前に突き、組んだ手の指に額を押しあてて、じっとしていることがよくあったよ」

ミス・アシュバートンが僕のほうを向いて、声をひそめて言った。

3 シャルロッテ・フォン・シュタイン男爵夫人。一七四二〜一八二七。教養が高く、優れた人柄で知られたヴァイマールの宮廷の花形。七歳年下の青年ゲーテから熱愛された。

「アリサさんを見ていると、あなたのお母さんを思いだすわ」

その年の夏は光に満ちていた。あらゆるものに紺碧の空の色が染みいるようだった。僕たちの熱情が苦しみと死にうち勝ち、目の前から暗い影は退いていった。毎朝、僕は喜びで目覚めた。夜が明けるとすぐに起きあがり、日の光を見たくて駆けだしていった……。あのときのことを思いだすたび、すべてが露でしっとりと湿っていたような気がする。ジュリエットは、毎晩ひどく夜更かしする姉より早起きなので、僕と一緒に庭に降りてきた。彼女は姉と僕のあいだで使者の役目を果たしてくれた。僕はジュリエットにアリサへの恋心を語りつづけ、ジュリエットはその話に飽きる様子を見せなかった。僕はアリサの前では愛情が昂まりすぎて臆病になり、態度がぎこちなくなってしまうので、彼女にいうべき言葉をジュリエットに語って聞かせた。要するに、僕とジュリエットはアリサの話しかしていなかったのだ。アリサはそのことに気づかないのか、気づかないふりをしているのか、ともかくこのゲームを受けいれて、僕が妹にはそんなにも快活に話ができることを面白がっている様子だった。

ああ、愛の外見はしごく穏やかだが、それは偽りなのだ。あふれるほどの愛でさえ内実をおし隠そうとする。その愛が、どんな秘密の道すじを通って姿かたちを変え、僕たちを笑いから涙へ押しやり、もっとも無邪気な喜びから厳しい美徳の強制へと引きずっていくのだろうか！

澄みきった夏はあまりにすばやく逃げさったので、すべるように過ぎたその夏の日々は、いまの僕の記憶にほとんど何も残していない。起こった出来事といえば、ただ会話を交わし、本を読んだことだけだ……。

「悲しい夢を見たわ」夏休みも終わりに近づいたある日の朝、アリサが言った。「わたしは生きているのに、あなたは死んでいたの。いえ、あなたが死ぬところを見たわけじゃないのよ。でも、あなたは死んでいたの。怖くなったので、そんなことはありえないと思って、ただあなたは留守なんだということにしたの。わたしたちはいまは離ればなれだけれど、また一緒になることができるはずだと考えて、一緒になる手立てを探そうと一生懸命になっていたら、そのせいで目が覚めてしまったわ。

今朝は、その夢の感じがいつまでも残っていたような気がするの。夢を見つづけているみたいだった。まるで、もっと長く、もっと長いこと、あなたと離れたままで――」アリサは小声でつけ加えた。「一生、離れたままでいるみたいに感じたの――だからわたしは一生、頑張らなくちゃいけないと思って……」

「何のために?」

「もう一度、一緒になるためには、ふたりとも頑張らないと」

その言葉を僕は本気にしなかった、いや、本気にするのが怖かった。心臓が激しく鼓動しはじめたので、僕はアリサの言葉に逆らうために、急いで勇気を振り絞ってこう言った。

「そうか、僕も今朝夢を見たよ、君と結婚する夢だ。しっかりと一緒になったから、何があっても離れることはないんだ――死なないかぎり」

「死んだら離ればなれになると思うの?」アリサは聞いた。

「いや、そうじゃなくて……」

「わたしは逆に、死んだら一緒になれると思う……そう、生きているときに離ればなれでも、死んだら一緒になれるのよ」

この会話は僕たちの心の奥深く刻みこまれたので、いまでもその言葉の響きが聞こえてくるほどだ。だが、僕がこの会話の重大さに気づくのは、もっとあとのことだった。

夏は去っていった。すでに畑の作物もあらかた収穫を終え、視界が思いがけず遠くまで広がっていた。出発の前日、いや、前々日、夕方になって僕はジュリエットと下の庭の木立のほうに降りていった。

「きのう、何をアリサに暗誦してあげたの？」ジュリエットが尋ねた。

「いつのこと？」

「泥灰土を採る小屋のベンチで、あなたとアリサがわたしより先に帰ろうとして……」

「ああ！……ええと、ボードレールの詩だったかな……」

「どんな詩？　わたしにも聞かせて」

「『やがて、僕らは冷たい闇に沈むだろう』」

気が進まないまま暗誦を始めると、ジュリエットはすぐに僕をさえぎり、いつもと違う、震えるような声で続けた。

「『さらば、激しい夏の光よ、はかない僕らの夏！』[4]」

「なんだ！　知ってるのか？」と僕はびっくりして大きな声になった。「君は詩なんか嫌いだと思っていた……」

「どうして？　あなたに詩を読んでもらわないから？」とジュリエットは笑いながら言ったが、すこし顔がこわばっていた……。「ときどき、わたしを本当にばかだと思っているでしょう」

「頭がよくても詩の嫌いな人はいるよ。それに君が詩を暗誦するのを一度も聞いたことがないし、僕に読んでくれって頼んだこともないじゃないか」

「だって、それはアリサのお役目だし……」すこし黙りこんでから、ジュリエットは僕に尋ねた。

「出発は、あさって？」

「仕方ないんだ」

「この冬は何をするの？」

「ノルマル[5]の一年生だ」

「いつアリサと結婚するの？」

「まず兵役を済まさないとね。そのあと何をしたいかもすこし考えてみる必要があるし」

「じゃあまだ分からないのね」

「まだ決めたくないんだ。興味のあることが多すぎるから。決心が固まって、もうそれしかないっていうときまで、できるだけ長く待ちたいんだ」

「決心するのが怖いから、婚約も待ちたいってわけね？」

僕は返事をせず、肩をすくめてみせた。ジュリエットは諦めなかった。

「じゃあ、婚約するには何を待てばいいの？　なぜすぐに婚約できないの？」

「でも、なぜ婚約しなくちゃいけないんだ？　べつに世の中の人に知らせなくたって、僕たちふたりがおたがいのもので、今後もずっと一緒だと分かっていれば十分じゃないか？　僕が人生をすべて喜んでアリサに捧げるというのに、僕の愛を約束で縛れば、もっと立派なものになると思うのかい？　そうは思わないな。誓いを立てるのは、むしろ愛にたいする侮辱のような気がする……。婚約を望んだりしたら、僕がアリサを

4　ボードレール『悪の華』の詩篇「秋の歌」より。

5　高等師範学校（エコール・ノルマル・シュペリユール）。教師養成のための文系最高のエリート校。給料をもらえるなど数々の恩典がある。

疑っていることになる」

「わたしが疑っているのはアリサじゃないわ……」

僕たちはゆっくり歩いていた。いつのまにか、この前たまたまアリサと父親の会話を庭で立ち聞きした場所に来ていた。さっきアリサが庭に出ていくのを見たせいで、僕は突然、アリサが僕と同じように庭の木陰に座って、僕とジュリエットの会話を聞いているかもしれないという考えに取りつかれた。そしてたちまち、面とむかってアリサに言えないことでもこうすれば聞かせることができると内心ほくそ笑んだ。自分の企みに調子づいて、僕は声を大きくした。

「そうだ！」僕はこの年齢にありがちな、興奮をちょっと大げさに表す口調で叫んだ。だが、自分の思いに気をとられすぎたために、ジュリエットがあえて口にしなかった言葉の意味を汲みとることができなかったのだ……。「そうなんだ！　愛する人の魂の上に身を乗りだして、鏡のなかを見るように、そこに映る自分の姿を見ることができたら！　相手の心のなかを、自分と同じように、いや、自分の心よりもはっきりと読みとることができたら！　愛情のなかでどれほど心が安らぐことか！　なんという愛の清らかさだろう！……」

ジュリエットが困惑の表情を示したので、僕はうぬぼれて、自分の安っぽい詠嘆の文句が効果を上げたとさえ思いこんだ。彼女はいきなり僕の肩に顔を押しつけた。

「ジェローム！　ジェローム！　アリサを幸せにしてあげて！　アリサを苦しめたりしたら、あなたを嫌いになるわよ」

「ありえないよ、ジュリエット」僕は叫び、彼女にキスをし、その顔を上げさせた。「そんなことをしたら、自分で自分が嫌いになる。分かってくれ！……だって、僕がまだ進路を決めたくないのも、アリサと一緒でなければ人生をまともに始めることさえできないからだよ！　ともかく僕の将来はアリサしだいなんだ！　アリサなしでどんなに立派な人間になれたとしたって、そんなものにはなりたくない……」

「その話を聞いてアリサはなんて言ったの？」

「そんなこと、彼女に話せるわけがない！　絶対に。だからまだ婚約もしていないんだ。結婚なんてとんでもない話だし、そのあとどうするかも分からない。ねえ、ジュリエット！　僕にとってアリサとの生活は神々しいほど美しいもので、とてもじゃないが……分かってくれ、彼女にそんな話をすることはできないんだ」

「いきなり幸せにしてびっくりさせてやりたいのね」

「違う！　そんなことじゃない。怖いんだ……彼女を怖がらせることが。分かるだろう？……いま僕にうっすらと見えている大きな幸福を彼女が怖がるんじゃないかと、それが僕は怖いんだ！——いつだったか、僕はアリサに旅をしたくないかと聞いたことがある。彼女はぜんぜんしたくないと答えた。どこかにそういう美しい国々があって、ほかの人たちが行けると分かっていれば、それでいいというんだ……」

「ジェローム、あなたは旅をしたい？」

「どこだろうと！　人生そのものが僕には長い旅に思えるよ——アリサとふたりで、さまざまな本や人や国々を訪れる旅……。君は『錨を上げる』[6]という言葉の意味を考えたことはあるかい？」

「ええ、よく考えるわ」ジュリエットは呟いた。

だが、僕は彼女の言葉にきちんと耳を傾けず、傷ついた小鳥のようにそれが地面に落ちるに任せて、こう続けた。

「夜のうちに出発して、まぶしい朝焼けの光で目を覚まし、不安定な波の上にふたりきりでいるって感じるんだ……」

「そして、どこかの港に着く。子供のころから絵葉書で見ていた港なのに、見知らぬ風景が広がる……。あなたがアリサに腕を貸して、船からタラップを降りていくところが目に浮かぶわ」

「そして、すぐに郵便局に飛びこむんだ」僕は笑いながらつけ加えた。「ジュリエットが僕たち宛てに書いた手紙を受けとるために……」

「……彼女がひとり残された町から書いた手紙ね。あなたがたにとって、フォングーズマールはちっぽけで、とても悲しい、はるかに遠い場所よ……」

ジュリエットは本当にそう語ったのだろうか？　よく憶えていない。というのも、僕は自分の恋に夢中で、ジュリエットのすぐそばにいながら、恋の言葉以外はほとんど何も耳に入らなかったからだ。

僕たちは例の木立のところに来ていた。ひき返そうとしたとき、突然、木陰からアリサが現れた。その顔が真っ青なので、ジュリエットはあっと声を上げた。

「なんだか気分が悪いの」アリサは慌てたように口ごもった。「冷えてきたわ。家

6　ボードレール『悪の華』の詩篇「旅」を示唆。この詩の最終節に「おお『死』よ、老いたる船長よ、今がその時だ！　錨を上げよう！」とある。

に戻ったほうがいいわね」そして、すぐに僕たちと別れ、足早に家のほうへ戻っていった。

「わたしたちの話を聞いたのよ」アリサがすこし遠ざかるなり、ジュリエットは強い口調で言った。

「でも、彼女を傷つけるようなことは何も言わなかった。それどころか……」

「ごめんなさい」そう言うとジュリエットは姉を追って駆けだしていた。


その夜、僕は眠れなかった。アリサは夕食に出てきたが、頭痛を訴えて、食事が終わるとすぐに自室に引っこんでしまった。僕たちの会話の何を聞いたのだろう？　僕は不安になって、ジュリエットとの会話を思いおこしてみた。それから、ジュリエットに寄りそって歩き、腕を彼女の体に回していたのが悪かったのかと思ったりもした。だが、そんなことは子供のころからの習慣だった。アリサだって何度もそんなふうにして歩く僕と妹を見たことがあるはずだ。ああ！　だが悲しいことに僕は何も分かっていなかった。どこかに自分の落度がないかと考えながら、自分が上の空で聞きながしてよく憶えていないジュリエットの言葉の真意を、アリサのほうがはっきりと理解していたかもしれないとは思ってもみなかったのだ。仕方がない！　僕は不安を抱えて思いまどい、アリサが僕の愛を疑うのではないかと恐れながら、ほかの危機の原因を考えつくこともできなかった。ジュリエットにあんなことを言ったにもかかわらず、たぶんジュリエットの言葉に影響を受けたせいで、僕は疑念や心配を無理やり抑えこんで、翌日、アリサと婚約しようと決心した。

それは僕が出発する前日のことだった。そのせいでアリサは悲しそうな様子をしているのだと僕は考えた。僕を避けているように思えたのだ。彼女とふたりきりになる機会もないまま、昼間の時間は過ぎていった。彼女と話をしないまま出発することになりはしないかと不安になって、僕は夕食の直前に彼女の部屋まで上がっていった。アリサは戸口に背を向けて、珊瑚のネックレスを着けているところだった。その両端のホックをつなぐため腕を上げて、うつむき加減で、火の灯った燭台のあいだに置いた鏡で肩のあたりを眺めていた。彼女が僕の姿に気づいたのは、その鏡のなかでだった。振りむかず、すこし僕を見つめた。

「あら！　ドアは閉まっていなかった？」

「いや、ノックをしたけど返事がなかったから。アリサ、僕が明日発つことは知っているよね?」

彼女は何も答えず、うまくホックをかけられなかったネックレスを暖炉の上に置いた。婚約という言葉は、とても露骨で、ぶしつけな感じがしたので、その代わりに僕は何か別の遠まわしな言いかたをした。アリサは僕の言おうとしていることが分かると、ちょっとよろめいたように、暖炉に手をついた……しかし、僕自身も体が震えだし、気が動転して彼女のほうを見ることができなかった。

彼女のそばに行き、目を下に向けたまま、彼女の手を取った。アリサは手を振りほどこうとはせず、わずかに顔を伏せ、軽く僕の手を持ちあげて、それに唇を当て、僕に身を寄せるようにして、ささやいた。

「いいえ、ジェローム、だめよ。婚約はできないわ。許して……」

僕の胸は高鳴り、その音がアリサにも聞こえると思った。彼女はいっそうやさしい声でくり返した。「だめよ、まだ早いわ……」

僕は尋ねた。

「でも、なぜ?」

「そう聞きたいのはわたしのほうよ。なぜ、いまのままではいけないの？」

　僕は昨日のジュリエットとの会話に触れる勇気はなかったが、アリサは僕の考えていることに気づいたにちがいない。僕の気持ちに答えるかのように、じっと見つめながらこう言った。

「あなたは勘違いをしているのよ。わたしはそんなに幸せになる必要がないの。わたしたち、いまのままで幸せだと思わない？」

　アリサは微笑んでみせようとしたが、だめだった。

「ねえ、ジェローム、今夜はもう話すことができないわ……。最後の時を台なしにしないで……。ね、分かって。あなたを愛している、本当に。だから安心して。手紙を書いて説明するわ。きっと手紙を書くから、明日にでも……あなたが出発したらすぐに。――だから、いまは行って！　ああ、涙が出てしまった……ひとりにしておいて」

　アリサはやさしく僕を押して、自分からひき離すようにした――これが僕たちの別れだった。その夜はもう何も話すことができなかったからだ。そして翌日、僕が出発するときも、アリサは部屋に閉じこもったままだった。僕を乗せた馬車が出ると、アリサが窓辺に立って、遠ざかる僕を見つめながら、手でさよならの合図をするのが見えた。

Ⅲ

その年、アベル・ヴォティエにはほとんど会うことができなかった。アベルは召集される前に志願して兵役に就いていたが、僕のほうは修辞学級[1]にもう一年とどまって高等教育への準備をしていた。その年の秋から僕たちはふたりともエコール・ノルマルに入学することが決まったが、アベルより二歳年下の僕は、ノルマルの卒業後まで兵役を延期していた。

僕とアベルは再会を喜びあった。軍隊を出てから、アベルはひと月以上も旅行をした。彼の人柄が変わったのではないかと心配だったが、単に落ち着きが出ただけで、感じのよさはそのままだった。秋の新学期が始まる前の日の午後、アベルとリュクサンブール公園で会った。僕は話をせずにいられなくなり、自分の恋愛について長々と告白したが、アベルはとうにそのことを知っていた。その年、アベルは何人かの女性と経験を積み、ちょっとうぬぼれた先輩風を吹かせたが、僕はべつに腹を立てなかった。彼の言う「殺し文句を決める」ことができなかったことについて、アベルは僕をからかい、「女に立ち直る余裕をあたえるな」という立派な助言をくれた。僕は黙ってアベルの話を聞いていたが、彼のたいそうな講釈も僕とアリサには何の役にも立たず、彼が僕たちの愛をまったく理解していないことを示すだけだと思っていた。

学校が始まった翌日、こんな手紙を受けとった。

愛しいジェローム

あなたの申し出をよく考えてみました。（僕の申し出だって！　僕たちの婚約をこんなふうに呼ぶなんて！）わたしはあなたにとって年上すぎないでしょうか。あなたはまだほかの女性たちと会う機会がないからそうは思わないかもしれませんが、わたしがあなたのものになったのち、あなたに気に入られなくなったと分かって、あとから苦しむような気がするのです。こんなことを書いて、きっととても不愉快に思うでしょうね。あなたの反論する声が聞こえてくるようだわ。でも、あなたがもうすこし人生の経験を積むまで待ってほしいと思うのです。

こんなことを言うのも、ただあなたのためなのだと分かってください。だって、わたしには、あなたを愛さなくなることなど、絶対に考えられないのですから。

アリサ

僕たちが愛しあわなくなる！　どうしてそんなことが考えられるだろう！――僕は悲しくなるどころか愕然（がくぜん）としてしまい、慌ててこの手紙を見せるため、アベルのところへ駆けつけた。

「まいったね！　で、君はどうするつもりだ？」アベルは手紙を読んだあとそう尋ね、首を振り、唇をぎゅっと結んだ。僕は不安と悲嘆で胸がふさがり、両手を上げてみせるしかなかった。「ともかく返事は出さないほうがいい！　女と議論を始めたら、こっちの負けだからな……。そうだ、土曜日にル・アーヴルで一泊すれば、日曜の朝には僕たちふたりでフォングーズマールに行って、そのあと月曜一時間目の授業まで

1　日本の高校二年に当たる。旧教育制度ではこの学年をくり返してエコール・ノルマルの入試準備をすることができた。

に戻ってこられる。僕は兵役に就いてから、君の親戚に一度も会っていないから、それだけで十分な訪問の口実になるし、僕の評判もよくなるだろう。アリサがそれを口実だと見抜いたって、べつにかまうものか！　君がアリサと話しあうあいだ、僕がジュリエットの相手をひき受ける。ただ、子供っぽい真似はするなよ……。正直言って、君の話にはいまひとつ納得のいかないところがある。何か隠しごとをしているんじゃないか……まあいいさ！　そのうち分かるだろうから……。肝心なのは、僕たちが行くことを、前もって知らせないことだ。君の従姉（いとこ）の不意を襲って、態勢を整える余裕をあたえないようにするんだ」

庭の柵を押しあけたときには心臓が高鳴っていた。たちまちジュリエットが走って迎えに出てきた。アリサは洗濯物を畳んでいて、すぐに降りてくることはできなかった。僕とアベルが伯父やミス・アシュバートンと話をしていると、ようやくアリサが客間に入ってきた。僕たちの不意の訪問に驚いていたとしても、そんなそぶりを見せなかった。僕はアベルの言ったことを思いだし、アリサがなかなか姿を現さなかったのは、僕にたいしてまさに態勢を整えるためなのだと考えた。ジュリエットがひどくはしゃいでいたせいで、アリサの控えめな態度はいっそう冷淡に見えた。僕が戻ってきたことを歓迎していないようだった。すくなくとも、その不満を態度に表そうと努めていた。僕は、その背後にもっと激しい感情が隠されているのを確かめようとはしなかった。アリサは僕たちからかなり離れて、隅の窓辺に座り、刺繍の手仕事に打ちこんでいる様子で、唇を動かして針の目を数えていた。もっぱらアベルがしゃべっていた。助かった！　というのも、僕はもう口を開く気力もなく、アベルが兵役と旅行に明け暮れた一年のことを話してくれなかったら、せっかく再会した最初の時間が耐えがたいほど陰鬱なものになっていただろうからだ。伯父までがひどく心配そうな顔をしていた。

昼食が済むと、すぐにジュリエットが僕をわきに呼び、庭に連れだした。

「びっくりしないでね、わたしをお嫁さんにほしいって人がいるのよ」僕とふたりだけになると、ジュリエットは大きな声になった。「フェリシー伯母さんが昨日、パパに手紙をよこして、ニームでぶどう園を経営する人からの申しこみというのを知らせてきたの。伯母さんは、とても立派な人だと保証していて、この春のパーティで何度か会って、わたしを好きになったんですって」

「君はその人のことを憶えていたの？」と尋ねながら、思わず僕はその求婚者に敵意を抱いていた。

「ええ、もちろん誰だか分かったわ。お人好しのドン・キホーテみたいな人で、教養がなくて、ぶおとこで、すごく下卑ていて、ひどいおばかさんで、その人の前では伯母さんだってぷっと噴きだしそうになっていたわよ」

「その男は……見こみがあるのかな？」僕はからかうように言った。

「ちょっと、ジェローム！　冗談はやめて！　ただの商売人よ！……一度だってあの人を見たことがあったら、そんな質問はできないはずだわ」

「それで……伯父さんはなんて返事をしたんだい？」

「わたしが返事をしたとおり。結婚するには若すぎますって……。でも困ったことに」とジュリエットは笑ってつけ加えた。「伯母さんがその反対を見こして、追伸でこう言ってきたの。エドワール・テシエール氏は――ってそれがその人の名前なんだけど――しかるべき時節を待つことにやぶさかでなく、今回はただ『立候補を表明する』ために名乗りを上げました、ですって……。ほんとにばかばかしい。でも、どうしようもないでしょ？　まさか、あんまり不細工だからだめだとも言えないし！」

「もちろん。でも、ぶどう園の女房にはなりたくないというくらいは言ってやったらどうだい」

ジュリエットは肩をすくめた。

「伯母さんの頭には通用しない理屈ね……この話はもうやめにしましょう。——アリサから手紙は来た？」

ジュリエットはひどく饒舌（じょうぜつ）で、ずいぶん興奮しているように見えた。僕がアリサからの手紙を差しだすと、ジュリエットはそれを読み、顔が真っ赤になった。こう尋ねる口調には怒りが感じられた。

「それで、あなたはどうするつもりなの？」

「分からなくなった」と僕は答えた。「こうしてここに来てみると、手紙を書いたほうが簡単だったんじゃないかと思えて、ここに来たことをもう後悔しているんだ。アリサはどういうつもりなのか分かるかい？」

「姉はあなたを自由にしてあげたいと思ってるのよ」

「でも、僕は自由なんてどうでもいいんだよ。なぜアリサがこんなことを書いてよこしたか、君には分かるかい？」

「いいえ」とジュリエットは言った。その答えがあまりに素気なかったので、僕は真実を知ることはできなかったものの、この瞬間から、ジュリエットもまた真実を知らないのだと確信した。——それから、歩いていた小道の曲がり角まで来ると、ジュリエットは突然くるりと方向を変えた。

「じゃあ、またあとで。あなたがここに来たのは、わたしと話をするためじゃないものね。長く一緒にいすぎたわ」

ジュリエットは逃げるように家へ駆けだした。まもなく彼女の弾くピアノの音が聞こえてきた。

客間に戻ると、ジュリエットはピアノを弾きつづけていたが、いまはいい加減に即興で弾きながら、そこに来たアベルとおしゃべりをしていた。僕はふたりをそのままにして、かなり長いこと庭を歩きまわってアリサを探した。

アリサは果樹園の奥にいて、塀の下で初咲きの菊の花を摘んでいた。菊の香りがブナの落ち葉の匂いと混じっていた。空気には秋の気配が満ちている。太陽の光はもう果樹の垣根を暖かくするほど強くなかったが、空は東洋を思わせるように澄みきっていた。アリサの顔は大きな帽子に縁どられ、その奥にほとんど隠れていた。帽子はアベルがオランダのゼーラント地方から旅行土産にもち帰ったもので、アリサはそれをすぐに被(かぶ)っていたのだ。僕が近づいても、最初のうち、アリサは振りむかなかった。だが、かすかな体の震えを抑えることができなかったため、僕の足音が聞こえていることが分かった。そして、僕のほうは、アリサの非難や、彼女が僕に向ける厳しい視線を予期して、早くも身を固くし、勇気をふり絞ろうとしていた。僕がすぐそばまで近づき、恐るおそる足どりを緩めたとき、アリサは初めは僕のほうを見ようとはせず、すねた子供のように下を向いていた。しかし、ほとんど後ろを向いたまま、花をいっぱい持った手を差しだし、僕においでというような仕草をしてみせた。この仕草に、僕がふざけてわざと立ちどまったままでいると、ついにアリサは振りむき、僕のほうに数歩進んだ。彼女が顔を上げると、微笑(ほほえ)みがあふれていた。そのまなざしで、すべてが明るくなり、突然、もとどおりの単純さと気軽さが戻ってきた。それで僕は気分が楽になり、普段と変わらない声でこう切りだすことができた。

「君の手紙を読んで、戻ってきたんだ」

「そうだと思ったわ」そう言って、アリサはとがめるような声の調子を和らげた。

「わたしが怒っていたのはそのことなの。なぜわたしの言葉を悪くとったの？　本当に単純なことなのに……。（すでに僕には、さっきまでの悲しみと不安が思いすごしで、自分の頭のなかにしか存在しなかったとさえ思えてきた）わたしたちはあのままで幸せだったのよ。わたしは確かにそう言ったはずよ。それをあなたが変えようとしたから、わたしはやめましょうって言ったの。それなのに、なぜ慌てたの？」

じっさい、アリサのそばにいると僕は幸せだと感じ、その幸せがあまりに完全なために、彼女と違う考えはこれから何ひとつ抱かないだろうと思うほどだった。そして、もはや彼女の微笑み以上のものは何も望まず、こうして手をつなぎながら、花々に囲まれた暖かい道を一緒に歩くだけで満足だった。

「君が望むなら」と僕はいまこの瞬間の完璧な幸福に身をゆだね、それ以外のすべての希望を投げすてて、真剣な気持ちで言った。「もし君が望むなら、婚約はやめにしよう。君から手紙を受けとったとき、僕は自分がいまは幸福だと悟ったけれど、同時に、これからは幸福でなくなると思ったんだ。お願いだ！　いままでの幸福を返してくれ。あの幸福を失って生きていくことはできない。僕は君を愛しているから、君のためなら一生待ってもかまわない。だが、君が僕のことを愛せなくなったり、僕の愛を疑ったりするなんて、考えるだけで耐えられないんだよ、アリサ」

「なんてことを言うの！　ジェローム、わたしがあなたの愛を疑うなんてありえないわ」

そういうアリサの声は穏やかだが、悲しげだった。しかし、その顔に浮かんだ輝くばかりの微笑みがあまりにも晴れ晴れと美しかったので、僕は自分の不安と抗弁を恥ずかしく思った。そして、アリサの声の奥に感じた悲しみは、僕の不安と抗弁のせいで生まれたように思われた。いきなり、僕は堰を切ったように、将来の計画や、学問や、いろいろな点で有益な新しい生活の実際について話しはじめた。エコール・ノルマルはその後まもなく変わってしまったが、当時の学校の雰囲気は今とはだいぶ違っていた。規律はかなり厳格だが、それは怠惰な人間や反抗的な者にとってそうだというだけで、勉強する意志をもった学生には好適だった。こうしたなかば修道院のような生活習慣で自分を世間から守ることを僕は気に入っていた。それに、そもそも世間など僕にはほとんど興味がなかったし、アリサが世間を恐れているなら、それはすぐさま僕にとっても憎むべき対象になるはずだった。ミス・アシュバートンはむかし母と一緒に暮らしたパリのアパルトマンに住んでいた。アベルと僕にとってパリの知人はほとんど彼女だけなので、日曜は彼女のところで数時間過ごすことになるはずだった。そして、日曜にはかならずアリサに手紙を書き、僕の生活を一部始終伝えることにした。

アリサと僕は、いま野菜の温床の枠組のうえに腰かけていた。覆いを外した温床からは、最後の実の収穫が終わった胡瓜の太い茎がさかんに生えだしていた。アリサは僕の話を聞きながらいろいろな質問をした。アリサのこれほど心のこもったやさしさ、これほど熱い愛情をいまだかつて感じたことはなかった。この上なく明るい空の青さのなかで霧が晴れるように、彼女の微笑みのなかで、僕の恐れや、不安や、ほんのわずかな心の動揺さえもが溶けて、うっとりするような親和感のなかに消えていった。

やがて、ジュリエットとアベルもやって来て、ブナの並木道のベンチに腰を下ろし、以前のようにスウィンバーンの恋愛詩「時の勝利」を読み、四人のそれぞれが交互に詩の一節ずつを朗誦して、午後の終わりを過ごしたのだった。そして夕刻が来た。

「しっかりして!」とアリサは僕とアベルが出発するとき、なかば冗談めかして言った。僕の思いがけない行動のせいで姉のような態度をとらざるをえなくなったのだが、じっさいにはそうすることを楽しみながら、こう言いたした。「二度とこんなとんでもない真似をしないって、約束してちょうだい……」

アベルはふたたび僕とふたりきりになると、すぐに尋ねてきた。

「さてと！　婚約はできたか？」

「いいかい、そんなことはもう問題じゃなくなったんだ」と僕は答え、これ以上の質問をきっぱりとさえぎる口調でつけ加えた。「もっとずっとうまくいったのさ。今日の午後ほど幸福だったことはこれまで一度もない」

「僕もだ」とアベルは叫び、それから、いきなり僕の首に飛びついてきた。「とてつもなく素晴らしい話を聞かせてやろうか！　ジェローム、僕はジュリエットに夢中なんだ！　去年からそんな気はしていたが、その後すこしは世の中のことも分かってきたものだから、もう一度ジュリエットたちに会うまでは、君にも何も言いたくなかった。いまはもうはっきりした。僕の人生は決まったよ。

愛している、愛しているどころか——恋い焦がれているのだ、ジュリエットに[2]

ずっと前から、僕は君に義理の兄弟のような親しみを感じていたってわけだ……」

それから、笑ったり、ふざけたりして、力いっぱい僕を抱きしめ、パリへ戻る列車の座席の上を子供のように転げまわった。僕はアベルの告白に唖然（あぜん）としながらも、そこにすこし文学的な誇張を嗅（か）ぎつけて嫌な気持ちがした。だが、これほどの感激と喜びに逆らうことができるだろうか？……

「それでどうなった！　告白したのか？」僕はアベルの興奮の合間をぬって聞いた。

「とんでもない！　そんなことはしない」アベルは声をはり上げた。「恋物語のいちばん素敵な場面をそう簡単に終わらせたりはしないさ。

　恋の至上のひとときは
　愛の語らいのなかにはない[3]……

どうだい！　文句は言わせないぞ、君みたいなのんびり屋の名人に」

「そりゃいいけど」僕はちょっといらいらしながら口を挟んだ。「いったい、ジュリエットのほうでは……」

「ということは、ジュリエットが僕と再会したとき、どれほど取り乱していたか、君は気づかなかったんだな。僕らがいるあいだじゅう、ずっと彼女はそわそわしたり、真っ赤になったり、おしゃべりをしどおしだったじゃないか！……そうだ、君は何も気づかなかった。でも当然だな。君はアリサのことで頭がいっぱいだったんだから……。ともかくジュリエットは僕を質問攻めにした！　僕の言葉に食いついてひとことも聞きのがすまいとしていた！　この一年で彼女は恐ろしく知識が増えたよ。どうして君はジュリエットが読書嫌いだなんて思いこんだんだろう。君はいつでも本はアリサのためにあるものだと思っているからな……。でもね、ジュリエットの物知りぶりには驚かされるぞ！　夕食の前に、僕と彼女が何をして遊んでいたか分かるか？ダンテの『カンツォーネ』[4]の暗誦を競っていたんだ。交互に詩を一行ずつ読んでいって、僕が間違うと、彼女がそこからやり直してくれた。君もよく知ってる詩だよ。

2　ラシーヌの戯曲『ブリタニキュス』二幕二場でネロンが言う台詞のもじり。ただし、恋の相手はジュリエットではなく、ジュニー。
3　一九世紀の詩人シュリ・プリュドムの詩篇の一節。
4　『饗宴』に含まれる詩篇のこと。ここに引用されるのは、第三篇、第二カンツォーネの第一行。

Amor che nella mente mi ragiona.（わが心に語りかける愛よ）

ジュリエットがイタリア語を習ったなんて君は教えてくれなかったけど」

「ぜんぜん知らなかったよ」僕はかなり驚いた。

「なんだって！『カンツォーネ』の暗誦を始めるとき、ジュリエットは君から習ったって言ってたぞ」

「たぶん僕がアリサに読んでやったときに聞いていたんだ。ジュリエットはよく僕たちのそばで裁縫や刺繍をしていたから、きっとそのときだ。でも、意味が分かっている様子はまったくなかった」

「ほんとかい！ アリサと君は呆れるほどのエゴイストだな。自分たちの恋愛にかかりきりで、ひとつの魂と知性が信じられない開花を見せているのに目もくれないんだから！ 自慢するわけじゃないが、大事なときにこの僕がやって来なかったら……。いやいや、君を非難しているわけじゃない、もちろん」と言いながら、アベルはまたもや僕にキスをした。「ただ、約束してくれ、僕とジュリエットのことはひとこともアリサに言わないって。僕は自分のことは自分で始末をつけるから。ジュリエットも僕に夢中だ、間違いない。だから次の休暇まで彼女をこのままにしておいても大丈夫だ。そのときまでは手紙だって書くまいと決心しているんだ。でも、正月の休みが来たら、君と僕はル・アーヴルに行って、それから……」

「それから?……」

「言うまでもないさ! アリサがいきなり、僕とジュリエットが婚約したことを知るんだ。僕はこいつを手早く片づける。それでどうなるか? 君がなかなか手に入れることのできないアリサの承諾を、僕らの婚約の手本を示して、君のために僕が手に入れてやるというわけだ。君たちが結婚しなければ、僕らも結婚できないじゃないかって、アリサを説得してやる……」

アベルはしゃべりつづけ、尽きることのない言葉の波で僕を押しながし、それは列車がパリに到着しても、僕たちがノルマルに帰ってからも終わらなかった。じっさい、駅から学校まで歩いて帰ったのち、夜が更けていたにもかかわらず、アベルは僕の部屋まで付いてきて、朝まで話をした。

アベルの熱狂は、現在も未来も思いのままに作りあげていた。すでに僕たち二組の結婚式の情景を思いうかべ、その話をしていた。僕たちふたりの驚きと喜びを想像し、描きだし、その恋物語と友情、そして、僕の恋愛について自分が果たす立派な役割に酔っていた。僕はこれほど気持ちのいい熱意に逆らうことができず、ついにはその熱意に自分も浸されていくのを感じ、空想上の計画の魅力にうっとりと身を任せていった。恋の力のせいで、僕たちの野心も勇気も膨れあがっていた。ノルマルを出たらただちにヴォティエ牧師から祝福を受けて二組の結婚式を挙げ、四人一緒に新婚旅行に出よう。そして僕たちは大きな仕事を始め、妻たちは喜んでその協力者になってくれるだろう。アベルは教師になる気はほとんどなく、作家を天職だと考えているので、何作か戯曲を書いて大当たりをとり、いままで手にしたことのない財産を築く。僕のほうは、学問から得られる利益より学問そのものに引かれていたので、宗教哲学の研究に専念し、その歴史にまつわる本を書こうと考えた……。だが、いまここでそんな希望を並べたてて、いったいなんになるだろう？

翌日から僕たちは勉強に打ちこんだ。

Ⅳ

新年の休みまでの時間は短かったので、最後にアリサと交わした会話のおかげで、僕は昂揚(こうよう)した気持ちのまま、信頼が揺らぐことは一瞬たりともなかった。心に決めたとおり、僕は日曜ごとにひどく長い手紙をアリサに書いた。それ以外の日は、クラスの友人から距離を置き、せいぜいアベルと付きあうだけで、アリサのことを考えて暮らし、好きな本を読むときも、彼女がその本に抱くはずの興味に自分自身の興味を合わせ、彼女に読ませたい言葉を本にたくさん書きつけていった。しかし、アリサの手紙は相変わらず不安のたねだった。彼女は僕の手紙にかなり規則的に返事をくれたが、僕に同調しようとする熱心さのなかには、心の自然な動きというより、勉強を励まそうという意図が透けて見えるような気がした。それだけでなく、僕にとって他者の考えへの評価や議論や批判は自分の考えを表す手段にほかならなかったが、アリサは逆にそれらを用いて自分の考えを隠そうとするのだった。ときどき僕は、アリサがそうして面白がっているのではないかと思ったくらいだ……。だが、しかたがない！　僕はけっして不平を言うまいと誓ったので、自分の手紙にそうした不安をけっして忍びこませないように注意した。

かくして年末が近づき、アベルと僕はル・アーヴルへ向かった。

僕はプランティエの伯母の家に泊まることにした。到着したとき、伯母は留守だった。しかし、僕が部屋に落ち着く間もなく、召使が来て、伯母が戻り客間で待っていると伝えてきた。伯母は、僕の体の調子や住まいの具合や勉強のことを尋ねたあと、すぐになんの遠慮もなく愛情あふれる詮索好きの性分を露わにした。

「そういえばまだ聞いてなかったわね、この前あなたがフォングーズマールへ行ったとき、満足できる結果になったかどうか？　話はすこしは進んだの？」

伯母の押しつけがましい善人ぶりには耐える必要があった。しかし、どんなに清らかなやさしい言葉で語っても傷ついてしまう感情が、じつに手軽な言葉で片づけられるのを聞くのはつらかった。とはいえ、伯母の口調はとても率直で誠意に満ちていたから、そんなことで腹を立てるのはばかげているとも思われた。それでも僕は、初めのうち伯母に反論した。

「でもこの春、伯母さんは、婚約はまだ早すぎると言ったじゃありませんか？」

「そうね、憶えているわ。でも、最初はみんなそう言うものよ」伯母は僕の手を取り、感きわまったように両手でぎゅっと握りしめた。「それに、勉強や兵役のこともあるから、すぐに結婚はできないでしょう。とくに、わたし個人の考えとしては、あまり婚約期間が長いのは賛成できないわ。若い娘は待ちくたびれてしまうのよ……。ときには、それがとてもいじらしく見えることもあるけれどね……。そうはいっても、婚約を公にしない手があるわ……それでも人にほのめかすことはできる――もちろん！　控えめにね――もうお相手を探す心配はないんだという感じで。それに婚約すれば、手紙のやりとりも交際も自由になるし、別の相手が名乗りを上げたときだって――そう、よくあることなんだから」と伯母はいかにもわけ知り顔の笑みを浮かべながら続けた。「そうしておけば、角を立てずに……いえいえ、もうそうしていただくには及びませんわって返事をすることができるじゃない。知ってるでしょ、ジュリエットをお嫁にほしいって人が現れたのよ！　この冬、あの子はずいぶん人目を引いたからね。

でも、まだちょっと若すぎるわ。じっさい、あの子もそう返事をしたのよ。そしたら、その若い人は待ちますって——いえ、もう若いといえるような齢じゃないんだけれど……でも、立派なお相手なの。身元のしっかりした人でね。あなたも明日会えると思うわ。うちのクリスマス・ツリーを見に来ることになっているから。会ったあとであなたの考えを聞かせてよ」

「骨折り損かもしれませんよ、伯母さん、だってジュリエットにも考えている人がいるかもしれないし」僕は返事をしながら、思わずアベルの名前を出さないように注意した。

「まさか?」伯母は疑うように顔をしかめ、首をかしげて、問いただすような口調で言った。「驚いた話だわ! どうしてジュリエットはわたしに何も言わなかったのかしら?」

僕は唇をしっかり閉じて、ひとことも言わなかった。

「しょうがないわね! いまに分かるでしょうけど……。ジュリエットは近ごろ、体の調子が悪いの」伯母は続けた。「それに、いまはあの子の話をしてる場合じゃないわね……そうよ! アリサもとっても気だてのいい娘よ……。それで結局のところ、したの、しないの、告白は？」

「告白」という言葉があまりに露骨で下品なものに思われ、僕は心の底から不愉快に感じたが、真っ向から質問をぶつけられて、嘘をつくこともできず、困惑したまま返事をしてしまった。

「しました」そう言いながら頬が火照るのを感じた。

「で、アリサはなんと言ったの？」

僕は下を向いた。できれば返事をしたくなかった。しかし、前よりどぎまぎして、気が進まないままこう答えた。

「婚約するのは嫌だっていうんです」

「あらまあ！ でも、あの子の言うとおりね！」伯母は声を大きくした。「まだ時間はあるし、しょうがないわよ……」

「もういいんですよ！ 伯母さん、この話はやめましょう」と言ったが、止めようとしてもむだだった。

「それにアリサの言いそうなことね。あなたよりいつも理屈が通ってると思っていたのよ、あの子のほうが……」

そのとき、どうしてそうなったのかは分からないが、たぶん問いつめられて気が動転したのだろう、突然、僕は胸がはり裂けそうに感じた。子供みたいに、人のいい伯母の膝に顔をうずめて、すすり泣いていた。

「伯母さん、そうじゃないんだ」僕は叫んだ。「アリサは僕に待ってくれと言ったんじゃない……」

「じゃあ、なんて言ったの！　あなたを嫌いだと言ったの？」伯母はとてもやさしい同情するような口調で尋ね、手で僕の顔をもち上げた。

「言わなかった……でも、はっきり否定したわけじゃないんだ」

僕は悲しくなって頭を振った。

「アリサがあなたを愛さなくなったと思っているの？」

「とんでもない！　そんなことを心配してるんじゃない」

「でもね、私に分かってほしいと思うなら、もっとはっきりと説明してくれなくちゃ」

僕は自分の弱気から流されるままになったことが恥ずかしく、情けなかった。伯母はたしかに僕の不安の理由が分からなかったにちがいない。だが、アリサの拒絶の背後に何か明確な理由がひそんでいるとしたら、伯母から穏やかにアリサに聞いてもらうことで、僕がその理由を知る助けになるだろう。まもなく伯母は自分からその話を切りだしてくれた。

「こうしましょう」と言葉を継いだ。「アリサは明日の朝、わたしと一緒にクリスマス・ツリーの飾りつけをするために来ることになってるの。すぐにどういうことになっているか分かると思うわ。そうしたら、昼食のときあなたに教えてあげる。きっと心配するようなことはないって納得できるわよ」

僕はビュコラン家に夕食をとりに行った。たしかにジュリエットはここ数日具合が悪く、人が変わったように見えた。目つきがすこし鋭くなり、ほとんど険しいといえるくらいで、これまでよりいっそう姉とは違う人間に感じられた。その夜、僕は姉妹のどちらとも個別に話をする機会がなかった。それに、話をしたいと望んでいたわけでもなく、伯父も疲れた様子だったので、食事が済むとすぐに引きあげた。

プランティエの伯母が飾るクリスマス・ツリーを見に、毎年、大勢の子供や親や友人たちが集まるのだった。ツリーは階段の上がり口がある吹き抜けになった玄関に立てられていて、その玄関は、最初の控えの間と、客間と、立食パーティのテーブルを置いた庭の温室のガラス扉に通じていた。僕の到着した翌日がクリスマス・パーティの日だったが、ツリーの飾りつけはまだ完成していなかった。だから伯母の予告したとおり、アリサがその日の朝早くからやって来て、伯母を手伝い、ツリーの枝にさまざまな飾りや照明や果物やお菓子やおもちゃを結びつけていったのだ。僕がアリサと一緒にその仕事をできれば本当に楽しかっただろうが、伯母からアリサに話をしてもらわなければならない。それでアリサと会わずに外出して、午前中ずっと自分の不安をまぎらわそうとした。

ジュリエットに会いたかったので、まずビュコラン家に行ってみた。すると彼女のところにはアベルが先に来ていると知らされた。運命を決める会話の邪魔をしてはいけないと思い、すぐにそこを出て、波止場や町なかを昼食の時間まで歩きまわった。

「おばかさんね!」伯母は僕が帰るなり大声で言った。「こんなふうに悩みの多い人生を送るなんて! あなたが昨日の朝わたしに言ったことは何ひとつ筋が通っていなかったわよ……。わたしは回り道はしなかったわ。ミス・アシュバートンが飾りつけの手伝いに飽きたみたいだから、外へ散歩に行ってもらったの。アリサとふたりきりになってから、すぐ単刀直入に、どうしてこの夏、あなたと婚約しなかったのかと聞いてみたの。アリサが困った顔をしたと思う?――すこしも慌てず、落ち着きはらって、妹より先に結婚したくないから、と答えたの。あなたが素直に尋ねていたら、きっと同じ返事をしていたでしょうよ。ほんとによくよく悩む価値があったかしら?いい、ジェローム、率直なのがいちばんなの……。かわいそうなアリサ、父親をひとりにすることができないとも言っていたわ……。ほんとにねえ!　わたしたちはいろいろと話をしたのよ。あの子の言うことはちゃんと筋が通ってる。自分が本当にあなたに向いているかどうか、まだ確信がもてないとも言ってたわ。あなたより年上すぎるのも不安で、むしろジュリエットくらいの年ごろの娘のほうがいいんじゃないかって……」

伯母はまだ話しつづけていたが、僕は聞いていなかった。大事なことはひとつだけ。それは、アリサが妹より先には結婚しないということだ。――だが、アベルがいるじゃないか!　つまり、あのうぬぼれ屋の言ったことは正しかったのだ。アベルは、僕たち二組の結婚式を同時に挙げるべきだと考えていた……。

真実のこんなに単純な露見のおかげで僕はひどく興奮したが、伯母には悟られないようにした。僕の喜びは伯母にとってまったく自然な反応だったはずであり、自分が役に立ったと思えば伯母もうれしかっただろう。だが、僕は昼食が済むとすぐに適当な口実をもうけて、急いでアベルに会いに行った。

「どんなもんだい！　僕が言ったとおりじゃないか！」アベルは僕の歓喜を知るとこう叫んで、僕にキスをした。「いいか、僕が今朝ジュリエットと交わした会話もほぼ成功だった。もっとも僕たちはほとんど君のことしか話さなかったけれど。でも、ジュリエットは疲れて、神経が苛立（いらだ）っているみたいで……あまりこみいった話をして動揺させたり、長く一緒にいすぎて興奮させたりしてはいけないと思ったんだ。君の話を聞いた今では、もう何も心配することはない！　僕はすぐにステッキと帽子を取ってくる。ビュコラン家の玄関まで一緒に付いてきてほしいんだ。僕が途中で舞いあがらないように押さえててくれよ。エウポリオーン[1]より体が軽く感じられるんだ……。アリサが君との婚約をしぶっているのはただ妹のことを思っているからだとジュリエットが知ったら、そして、そのあとすぐ僕がジュリエットに結婚を申しこんだら……。ああ！　今夜の父の様子がいまから目に見えるようだ。クリスマス・ツリーの前で、うれし涙をこぼしながら主を誉（ほ）めたたえ、ひざまずく四人の婚約者の頭に手をかざして、祝福をふり注ぐぞ。ミス・アシュバートンはため息をつきながら天に昇り、プランティエ伯母さんはブラウスのなかで溶けてしまうだろう。そして、真っ赤に輝くクリスマス・ツリーが、聖書の山のように神の栄光を歌い、手をたたくにちがいない」[2]

クリスマス・ツリーに灯(ひ)がともされ、その周囲に子供や親や友人たちが集まるのは、その日の夕方ということになっていた。僕はアベルと別れたあと、不安と待ち遠しさでいっぱいで、何も手につかず、待ち時間をまぎらわすために、遠いサンタドレスの断崖(だんがい)まで出かけていった。だが、道に迷ってしまい、そのせいでプランティエ伯母の家に着いたときには、もうとっくにクリスマス・パーティが始まっていた。

1 ゲーテの『ファウスト』の登場人物。ファウストとヘレネーの子供で、空に飛びあがるが、イカロスのように墜落して死んでしまう。

2 『イザヤ書』五五章一二節。「あなたたちは喜び祝いながら出で立ち／平和のうちに導かれて行く。／山と丘はあなたたちを迎え／歓声をあげて喜び歌い／野の木々も、手をたたく」

玄関に入るなりアリサの姿が目に入った。僕を待っていた様子で、すぐに僕のところにやって来た。明るい色のブラウスの胸元に、アメジストの古い小さな十字架を首から下げていた。僕が母の形見としてアリサに贈ったものだが、いままで一度も着けたのを見たことがなかった。アリサの顔はこわばっていて、その苦しそうな表情で僕の胸まで苦しくなった。

「なぜこんなに遅くなったの？」アリサは押しころした声で口早に言った。「話したいことがあったのに」

「断崖のところで道に迷っちゃったんだ……なんだか苦しそうだよ……ねえ！　アリサ、どうしたんだ？」

アリサはすこしのあいだ、僕の前に立って困惑したように唇を震わせていた。激しい不安にとらわれて、僕は理由を聞くことができなかった。アリサは僕の首に手をかけ、顔を引きよせようとした。話をしたいのだと分かった。だが、その瞬間、招待客たちが玄関に入ってきた。アリサの手は力を失い、だらりと下に垂れた……。

「いまはだめ」とアリサはささやいた。それから、僕の目が涙でいっぱいなのを見て、おざなりな答えでも僕の不安を鎮めるには十分だとでもいうように、僕の目の問いかけにこう答えた。

「違うの……安心して。ただ頭が痛いの。子供たちが大騒ぎをするから……ここまで逃げてきたのよ……。でも、もう子供たちのところに戻らないと」

アリサは急に僕のもとを離れた。客たちが入ってきて、アリサとは離ればなれになった。客間まで追いかけたいと思ったが、アリサと僕のあいだにはさまざまな人がいて、アリサは客間の向こうの端で子供の一団に囲まれ、遊び相手になっていた。アリサと僕のあいだにはさまざまな人がいて、そこを通りぬけようとすれば、彼らにつかまってしまうおそれがあった。型どおりの挨拶やおしゃべりをする気にはなれなかった。でも、壁づたいにそっと進んでいけば……。試してみた。

すると庭へ通じる大きなガラス戸の前を通ろうとしたところで、誰かに腕を摑まれた。ジュリエットが戸口のカーテンの陰に隠れるようにして立っていた。

「庭の温室へ行きましょう」とすばやく声をかけてきた。「話があるの。あなたは別のほうから回ってきて。わたしもすぐに行くから」それからガラス戸を細めに開け、逃げるように庭に滑りでた。

いったいどうしたのだろう？　僕はアベルに会いたかった。アベルはジュリエットになんと言ったのだろう？　いったい何をしたのか？……僕は玄関のほうへ戻り、ジュリエットが待つ温室へ向かった。

ジュリエットは顔を火照らせていた。眉をしかめているせいで、まなざしに険しい苦しみの印象が刻まれていた。熱が高いかのように目が光を帯び、声までざらざらとしわがれていた。怒って興奮しているようにも見えた。僕は不安を感じながら、その美しさに驚かされ、当惑していた。僕たちはふたりきりだった。

「アリサは話をした？」間髪をいれずジュリエットが尋ねてきた。

「ほんのすこしだけ。僕が戻るのがすごく遅れたから」

「知ってるでしょ、姉さんは自分より先にわたしを結婚させたがってるの」

「うん」

ジュリエットはじっと僕を見つめた……。

「わたしを誰と結婚させたがっているか、知ってる？」

僕は答えられなかった。

「あなたとよ」叫ぶように言った。

「そんなばかな！」

「そうよね！」その声には、絶望と勝利が同時に感じられた。ジュリエットは体を真っ直ぐに伸ばした。というより、上体をのけぞらせた……。

「たったいま、わたしのするべきことが分かったわ」ジュリエットは口ごもるように言い、温室の戸を開け、乱暴に閉めて出ていった。

僕の頭と心のなかで、すべてがぐらぐら揺れていた。こめかみで血が脈打っている。この混乱のなかで、ただひとつの考えだけがなんとか頭のなかに踏みとどまっていた。アベルに会おう。たぶん彼だけがこの姉妹の奇妙な言動の意味を説明してくれるにちがいない……。だが、僕の動揺は誰からも見ぬかれてしまうだろうから、客間に戻ることはできなかった。外へ出た。凍てつく庭の空気が僕の気持ちを鎮めてくれた。しばらくそこにいた。夜のとばりが降り、海からのぼる霧が町の姿を隠している。木々はすでに葉を落とし、天と地はひどく荒涼としている……。歌声が湧きあがった。きっとクリスマス・ツリーのまわりに集まった子供たちの合唱だ。僕は玄関から家に戻った。客間と控えの間の扉は開けはなたれている。ひと気のなくなった客間では、ピアノの陰から体をはみださせて、伯母がジュリエットと話している姿が見えた。控えの間では、派手なツリーをとり囲むように、招待客がひしめきあっている。子供たちが讃美歌を歌いおわり、一瞬、静寂に沈んだあと、ヴォティエ牧師がツリーの前で説教のような話を始めた。牧師は彼のいう「善き種を播く」機会をけっして見逃さなかった。僕には明るさと暑さが耐えがたく、もう一度外へ出ようとした。すると、戸口にもたれかかっているアベルが目に入った。しばらく前からそこにいたのだろう。アベルは僕に敵意にみちた視線を向け、目が合うと肩をすくめた。僕は彼のところへ行った。

「ばか！」アベルは声を低くして叫び、突然、思いなおしたように言った。「いや！　ここじゃだめだ！　外へ出よう。説教なんかうんざりだ！」そして外に出ると、僕が心配して黙ったまま彼を見つめているので、ふたたび「ばか！」と言った。「ジュリエットが愛しているのは君だ、ばかやろう！　それをどうして君は僕に言わなかったんだ？」

僕は唖然とした。何がなんだか分からなかった。

「言えなかったのか！　君自身にも分からなかったんだな！」

アベルは僕の腕を摑み、激しく揺さぶった。食いしばった歯のあいだから絞りだされる声は、震えて、笛のような音がした。

「アベル、お願いだ」僕はしばらく黙ったあとで言った。僕の声も震えていた。そこらじゅうを大股で歩きながら僕を引きずりまわすアベルに懇願した。「そんなふうに興奮しないで、何が起こったのか教えてくれ。僕はなんにも知らないんだ」

街灯の光の下で、突然、アベルは僕を引きずりまわすのをやめ、僕の顔をじっと見つめた。そして、僕を強く引きよせると、肩に顔を押しつけ、すすり泣きながらつぶやくように言った。

「許してくれ！　僕こそばかだ。君と同じで、僕も分からなかったんだよ」

泣いたことで、すこしは落ち着いたようだった。顔を上げ、ふたたび歩きはじめながらこう続けた。

「何が起こったのか？……いまさらそんなことを話してなんになる？　僕は今朝ジュリエットと話をした。そのことは君に言っただろう。彼女はおそろしくきれいで、生き生きとしていた。僕はそれが自分のせいだと思いこんでいた。でも、それは君のことを話していたからなんだ」

「そのときは、それに気づかなかったのか？……」

「ああ、はっきりとは分からなかった。でも、いま考えれば思いあたることばかりだ……」

「君の思いすごしじゃないだろうな？」

「思いすごしだって！　いや、ジュリエットが君を愛しているのが分からないなんて、鈍いにもほどがある」

「じゃあ、アリサは？」

「アリサは自分を犠牲にしたのさ。妹の秘密に気づいたとき、自分が譲ろうと決めたんだ。そうなんだよ！　でも、分からない話じゃない……。僕はもう一度ジュリエットと話しあおうとした。だがジュリエットは、僕がちょっと話しはじめると、いや、僕の言おうとしていることに気づくと、いきなり一緒に座っていた長椅子から立ちあがって、何度もくり返した、『そうだろうと思っていたわ』って。でも、ぜんぜんそう思っていたような口調じゃなかった……」

「なんてことだ！　信じられない！」

「そうかな？　たしかにばかな話だとは思うけど……。ジュリエットはアリサの部屋に飛びこんでいった。激しい声が上がるのを聞いて、僕は緊張した。ジュリエットが出てくると思っていたら、しばらくしてアリサが部屋から出てきた。帽子を被っていて、僕を見ると困ったような顔をしたが、横を通りながら早口で『こんにちは』と言った……。それだけだ」

「それからジュリエットには会わなかったのか?」

アベルはすこしためらった。

「会ったよ。アリサが出ていったあと、僕は部屋のドアを押した。ジュリエットは身動きもしないで、暖炉の前に立って、その大理石に頬づえをついていた。鏡のなかの自分をじっと見ていたんだ。僕が部屋に入ってきた音を聞くと、振りむきもせず、足で床を踏みならして、大声を出した。『いいの! ほっといてちょうだい!』それがあまりにきつい調子だったから、僕はそれ以上何も言えずに出てきてしまった。そんなわけだ」

「で、これからどうする?」

「しょうがないさ! でも、君に話をして気が楽になったよ……。で、これからどうするか? そうだ! 君がジュリエットの恋わずらいを治してやるんだ。だって、アリサの性格を考えたら、そうでもしないかぎり、彼女は君のものにはならないぞ」

僕たちは黙ったままかなり長いこと歩いた。

「家に帰ろう！」最後にアベルが言った。「もう客たちも帰っただろう。父が待ちくたびれてるといけないからな」

僕たちは家に帰った。じっさい、客間はもう空っぽだった。控えの間のクリスマス・ツリーは飾りを外されて、ほとんど灯も消えていた。そのまわりに、伯母と、彼女のふたりの子供、ビュコランの伯父、ミス・アシュバートン、ヴォティエ牧師、従姉妹たち、そして、もう一人、かなり異様な男がいた。この男は伯母と長々と話しているのを見たことがあったが、このときになって初めて、ジュリエットの求婚者だと分かった。僕たち全員より背が高く、頑丈そうで、日焼けして、頭はほとんど禿げあがり、別の階級、別の社会、別の人種に属していた。そのため、僕たちのあいだにいて、自分でも場違いだと感じているふうだった。男は、大きな口髭の下に、ナポレオン三世風の胡麻塩の顎鬚を生やし、尖った鬚の先を神経質そうに引っぱり、ねじっていた。扉を開け放したままの玄関には、もう灯りがともっていなかった。アベルと僕はふたりとも音を立てずに家に入ったので、誰も僕たちの帰宅に気づかなかった。ある恐ろしい予感が僕の胸を締めつけた。

「ちょっと待て！」アベルが僕の腕を取った。

その瞬間、場違いな求婚者がジュリエットに近づき、彼女の手を摑んだ。ジュリエットは男のほうを見向きもせず、黙って手を取られるままにした。僕の心に闇が垂れこめた……。

「ねえ、アベル、いったいどうなってるんだ？」そうささやきながら、僕は事情が分からないふりをした。いや、むしろ事情が分からないことを望んだから、わざわざアベルに尋ねたのだ。

「たいしたもんだな！　妹が勝負に出たのさ」アベルはかすれた声で言った。「姉に負けたくないんだ。この役者ぶりには天使たちが空で拍手喝采してくれるだろうよ！」

ミス・アシュバートンと伯母がジュリエットを囲むようにしていると、伯父がやって来てジュリエットにキスをした。ヴォティエ牧師が歩みよる……。僕は前に出ようとした。アリサが僕を見つけて駆けより、身を震わせながら言った。

「いけないことだわ、ジェローム。ジュリエットはあの人を愛してなんかいないのに！　今朝もわたしに愛していないと言ったのよ。やめさせて、ジェローム！　ほんとうに！　あの子はどうなるの？……」

アリサは絶望したように僕の肩にすがりつき、訴えつづけた。アリサの苦しみを軽くすることができるなら、僕は命だって投げだしただろう。

突然、ツリーのそばで叫び声が上がり、混乱した動きが起こった。僕たちは駆けつけた。ジュリエットが倒れ、伯母の腕に抱かれて意識を失っていた。全員が慌てて近づき、ジュリエットのほうに顔を寄せたため、彼女の様子がよく分からなくなった。ほどけた髪の毛が、恐ろしいほど蒼白な彼女の顔を引っぱって、のけぞらせているように見えた。体が痙攣(けいれん)していて、ただの気絶ではないらしかった。

「大丈夫！　大丈夫！」伯母が大声を出して、怯(おび)えた伯父を安心させようとした。「大丈夫よ！　なんでもないわ。ちょっと興奮しただけ。ただの神経の発作です。テシエールさん、あなたは力もちだから、ちょっと手伝って。わたしの部屋に上げて、ベッドに寝かせましょう……わたしのベッドに……」そう言ってから、伯母は自分の長男の耳に何かささやき、長男はすぐに出て行った。たぶん医者を呼びに行ったのだろう。

伯母と求婚者のテシエールがジュリエットの肩を抱き、彼女はふたりの腕のなかで、なかば身をのけぞらせていた。アリサが妹の両足をもって、やさしく持ちあげた。アベルは、がっくりと後ろに垂れそうなジュリエットの首を支え――それから、身をかがめ、ほどけた髪をかき集め、そこに何度もキスをするのが見えた。

伯母の部屋の前で僕は立ちどまった。ジュリエットがベッドに寝かされ、アリサがテシエールとアベルに何か言ったが、僕には聞こえなかった。アリサはふたりを部屋の戸口まで送りだし、妹のそばには自分とプランティエの伯母がつき添うから、このままそっと休ませてやってほしいと僕たちに告げた……。

アベルは僕の腕を取って外に連れだし、夜の闇のなかを、僕たちは当てもなく、気落ちして、なんの考えも浮かばぬまま、いつまでも歩きつづけた。

V

僕はアリサへの愛のほかに人生を生きる理由を何も見出(みいだ)せずにいた。そしてその愛にすがりつき、愛するアリサからもたらされるもの以外には何も期待せず、何かを期待したいとすら思わなかった。

翌日、アリサに会いに行こうとしたとき、伯母が僕を引きとめ、たったいま受けとったばかりだという手紙を差しだした。

……お医者さまが処方してくれた薬がようやく今朝になって効きだし、ジュリエットの激しい興奮状態は収まってきました。ジェロームにはいまから数日間、ここに来ないようにしてほしいのです。ジュリエットは彼の声や足音を聞けばそれと分かるでしょうし、妹には絶対安静が必要だからです……。

……ジュリエットの容態によっては、わたしはこのままここにいなければならないでしょう。そんなわけですから、伯母さま、ジェロームがここを発つ前に会うことができない場合、あとから手紙を書くと伝えてください……。

面会謝絶は僕だけだった。伯母も、ほかの誰でも、ビュコラン家を訪れることが許されていた。げんに伯母は今朝にも訪れるつもりだった。僕が立てる足音だって？　なんとばかげた口実だろう……。勝手にしろ！

「いいですよ。行きません」

すぐにアリサに会えないのは本当につらかった。だが、会うのが恐ろしくもあった。妹の病気を僕のせいだと思っているのではないかと心配だったからだ。怒っているアリサに会うより、会わないほうがまだなんとか我慢できた。

せめてアベルには会いたかった。

アベルの家に行くと、戸口で家政婦から手紙を渡された。

君が心配しないようにこの手紙を書きのこす。ル・アーヴルにとどまったまま、ジュリエットのすぐ近くにいるのは耐えがたい。夕べ、君と別れてすぐサザンプトン行きの船に乗った。ロンドンのSのところで休暇の残りを過ごすつもりだ。

また学校で会おう……。

……頼みの綱とする人間がすべて、いっぺんに消えてしまった。苦しみしか生まない滞在をこれ以上続ける気になれず、新学期が始まる前にパリに戻った。僕の目は神のほうへ、つまり、「あらゆる真の慰め、あらゆる恩寵(おんちょう)、あらゆる完璧な恵みを授ける」もののほうへと向かった。僕は自分の苦痛を神に捧(ささ)げたのだ。アリサもまた神のもとに避難していると考え、彼女も祈っているのだと思うと、僕の祈りは力を得て、昂揚(こうよう)するのだった。

アリサから来る手紙と、僕が彼女に書く手紙のほかに、たいしたことも起こらず、長い沈思と勉学の時が過ぎた。アリサの手紙はすべて取ってあるので、これから先のことに関して曖昧になりがちな僕の記憶を、彼女の手紙を頼りにしながら語ってみることにする……。

伯母が——初めのうちは伯母だけが——僕にル・アーヴルの様子を知らせてくれた。

伯母からの便りで、ジュリエットの病状が初めの何日かは重く、みんなをどんなに心配させたか知ることができた。僕がル・アーヴルを出てから、ようやく二日も経ったのち、アリサからこんな手紙が届いた。

親愛なるジェローム、もっと早く手紙を出せなかったことを許してください。かわいそうなジュリエットの容態が思わしくなくて、その時間がなかったの。あなたが発ってから、わたしはほとんどジュリエットに付きっきりでした。伯母さまにお願いして、あなたにこちらの様子を知らせるように頼んでおいたので、知らせは届いていたと思います。だから、この三日間、ジュリエットがよくなったことも知っているわね。神さまには感謝していますが、まだ喜ぶ気持ちにはなれません。

これまで僕はロベールのことをほとんど語らずにきたが、彼もまた僕の数日後にパリに戻って、姉たちの様子を知らせてくれた。アリサとジュリエットの弟であるからこそ、僕は自然にそうする以上に、ロベールの面倒をよく見てやったのだ。ロベールの入学した農学校が休みになるたび、僕は彼と付きあい、気晴らしをしてやるように努めた。

ロベールのおかげで、アリサにも伯母にも聞けなかった事情を知ることができた。エドワール・テシエールは熱心に通ってきて、ジュリエットの様子を聞きだしていたが、ロベールがル・アーヴルを発ったときには、まだジュリエットと会うことはできなかったという。また、僕が出発したあと、ジュリエットはアリサに頑(かたく)なな沈黙を守り、結局、一度たりと口を開かなかったことも知った。

それからほどなく伯母からの便りがあり、僕の思ったとおり、アリサはジュリエットの婚約をすぐに破棄させようとしたが、ジュリエット自身が婚約を一刻も早く正式なものにしたがっていると知らされた。ジュリエットの決心の前では、それを翻させようとする助言も命令も懇願もまったく役に立たなかった。彼女は他人の考えを遮断し、目をかたく閉じ、無言のなかに引きこもった……。

時が過ぎた。アリサにはなんと手紙を書けばいいか分からなかったし、彼女から届く手紙もまったく素気ないものだった。冬の厚い霧が僕を包んでいた。学問の光も、愛と信仰の熱も、僕の心の闇と寒さを払いのけるには無力だった！　時が過ぎた。

そうして、ある春の朝、突然、そのときル・アーヴルを離れていた伯母宛てのアリサの手紙が――伯母から回送されて――僕に届いた。その手紙から、ことの次第が明らかになる箇所を書き写してみよう。

……伯母さまの言いつけを守ったことを褒めてくださいね。お勧めどおり、テシエールさんと会って、長いことお話をしました。申し分のない人だと思えました。正直いって、この結婚はわたしが最初に心配したほど悪いものではないような気さえしてきました。たしかにジュリエットはあの人を愛してはいません。でも、あの人は時間が経つごとに、愛される値打ちがある人間になっているように思えるのです。あの人は今回の事情もはっきりと見きわめているようだし、妹の性格もよく承知しています。にもかかわらず、自分の愛がいつか効果を表すことに大きな自信をもち、自分の忍耐心はどんなものにも負けないと信じています。つまり、ジュリエットを本心から愛しているのです。

もちろん、ジェロームがあんなに熱心に弟の面倒を見てくれることにはとても感謝しています。義務感から――そして、おそらくわたしを喜ばせるために――

そうしていることは分かっています。だって、ロベールとジェロームの性格は水と油ですから。でも、課せられた義務の遂行が難しければ難しいほど、魂は強く鍛えられ、高くひき上げられるということを、ジェロームはすでに理解しているはずです。あらまあ、なんて立派な言いかたでしょう！　たいしたものだと笑わないでくださいね。だって、そんなふうに考えることで、わたしは支えられ、ジュリエットの結婚をいいことだと思う助けになるのですから。

　大好きな伯母さま、愛情あふれるお心づかいがどれほどうれしかったことか！……でも、わたしが不幸だなんて考えないでくださいね。それどころか、むしろ逆なのです――というのも、ジュリエットに降りかかった試練が、今度はわたしに影響を及ぼしているからです。たいして意味も分からずくり返していた聖書のなかの一句の真意が、突然、はっきりしたのです。「人を恃(たの)む人は詛(のろ)はるべし」[1]。わたしはこの言葉を聖書のなかで見つける前に、ジェロームがまだ一二歳にならず、わたしが一四歳になったばかりのとき、彼が送ってくれた小さなクリスマス・カードで読んでいました。そのカードには花束が描かれ、当時わたしはそれをすごくきれいだと思ったのですが、その花束の横に、コルネイユが聖書の言葉を書きなおした詩句が書かれていたのです。

いかなる魅力が現世の呪縛にうち勝ち
いまや神にむかって私を高めるのか？
人間にのみ支えを頼む人間は
なんと不幸なことだろう！

正直いって、わたしはこんな詩句より、『エレミヤ記』の単純な一節のほうがはるかに好きです。たぶんジェロームはこの詩句のことなどたいして気にかけずに、あのカードを選んだのでしょう。しかし、ジェロームのくれる手紙を読んで考えてみると、彼のいまの気持ちはわたしの気持ちによく似ています。ですから、こうしてふたりを一緒に神に近づけてくれたことについて、わたしは毎日、神さ

1　『エレミヤ書』一七章五節。「主はこう言われる。／呪われよ、人間に信頼し、肉なる者を頼みとし／その心が主を離れ去っている人は」

まに感謝しています。

伯母さまとの会話を思いだして、ジェロームの勉強の邪魔をしないように、彼には以前ほど長い手紙を書かないようにしています。それでこんなに長々と彼の話をして埋めあわせをしているのだと思われるかしら？　切りがなくなりそうなので、手紙はここでおしまいにします。今回はどうか叱らないでくださいね。

この手紙を読んで僕がどう思ったかは言うまでもない！　僕は伯母のぶしつけな差し出口を呪わしく思ったし（アリサが言及している、僕にたいして口を噤む原因となった伯母との会話とはいったいどんなものなのだ？）、こんな手紙を僕に回送してくる度外れた思いやりにもかえって腹が立った。そうだ！　すでに僕はアリサが手紙を書いてこないことだけで耐えがたいつらさを忍んでいるのだから、彼女が僕には言わないことをほかの人間に教えていたなどということは、知らないままでいたほうがずっとましだった！　そう思うと、すべてが腹立たしくなるのだった。僕たちの細かな秘密をこんなに気安く伯母に話して聞かせるなんて。しかも、その屈託のない、落ち着いた、真面目で快活な調子はどういうことだ……。

「そうじゃない、違うさ！　この手紙は、それが君宛てじゃないということを除けば、君が怒るようなことは何ひとつ書かれていない」と毎日の相談相手になったアベルは僕に言った。アベルは僕が話のできる唯一の友であり、ふたりの性質は違っていたが、いや、違っていたからこそ、僕が孤独のなかで弱気になり、同情を求めて泣きつきたくなったり、自信をなくしたりしたとき、また、行きづまって信頼できる助言が必要になったとき、いつでもアベルのところに行くことができた……。

「この手紙をよく読んでみよう」アベルは自分の机の上に手紙を広げて言った。

僕は忌々しい思いを抱えたまま三晩過ごし、その思いにひとりで耐えて四日目を迎えていた！　だから、ごく自然に、アベルが語ったこんな気分に同調できた。

「ジュリエットとテシエールのカップルなんか、恋の炎に放りこんでしまおう。その炎がどんなにつらいものか、僕らはよく知っているからね。哀れだねえ！　テシエールのやつ、そこに飛びこんで焼け死ぬ蝶々ってなもんだ……」

「そんなことはどうでもいい」アベルの冗談を不愉快に感じて僕はさえぎった。「ほかの話をしよう」

「ほかの話？」アベルは言った……。「ほかの話は全部君のことだ。だから、嘆く必要なんかない！　一行、一句に、君への思いがあふれている。手紙全体が君に宛てて書かれているも同然なんだよ。フェリシー伯母さんがこれを君に回送してきたのは、本当の宛先に送りなおしたってことだ。君に手紙を出せないから、仕方なく気のいい伯母さんに書いたんだ。そもそも、あの伯母さんにコルネイユの話をしてなんになる！――ちなみに、これはラシーヌの一句だけどね――いいか、アリサが話をしているのは君なんだ。この手紙の言葉はすべて君に向けられているんだよ。二週間以内にアリサから、これと同じくらい長く、うちとけた、気持ちのいい手紙を受けとれなかったら、君はよっぽどだめな男だってことだ……」

「アリサがそんなことをするもんか！」

「君しだいだね！　僕の考えを教えてやろうか？――今後……ずっと先まで、君たちの愛や結婚のことはひとことも口にするな。ジュリエットがあんなことになって以来、アリサが君を恨んでいるのは、妹が病気になったことだけなんだよ。分からないか？だから今度はアリサの弟思いの気持ちに訴えかけて、たえずロベールのことを書いて知らせてやるんだ――せっかく、あのばかな弟の世話を焼く我慢づよさを見せてるところなんだし。それから、彼女の知的な関心を引くことだけを書け。そうすれば、あとはうまくいく。ああ！　僕が手紙を書けたらなあ！……」

「君には彼女を愛する資格はない」

そう言いながら、僕はアベルの忠告に従った。そしてまもなく、じっさいにアリサから手紙が頻繁に来るようになった。しかし、ジュリエットの幸福が確かなものになるまでとはいわないにしても、彼女の健康状態が安定するまで、自然に生まれる喜びや、ためらいなく僕を信頼する気持ちは、アリサから受けとれない気がした。

だが、アリサの手紙によれば、ジュリエットの調子はしだいによくなっていた。彼女の結婚は七月におこなわれることになった。その時期はアベルと僕の勉強が忙しいので来るのは無理だろう、とアリサは書いてきた……。そういうわけで、僕たちに列席してほしくないと思っているのだと判断して、試験を口実にアベルと僕は祝賀状を送るだけにした。

結婚式からおよそ二週間後、アリサからこんな手紙が来た。

親愛なるジェローム
昨日、あなたからプレゼントされた美しいラシーヌの本をたまたま開くと、そこに、あなたのくれた古い小さなクリスマス・カードと同じ四行詩を見つけてびっくりしました。そのカードはいまでも聖書に挟んでありますが、もらってまもなく一〇年にもなろうというものです。

いかなる魅力が現世の呪縛にうち勝ち
いまや神にむかって私を高めるのか?
人間にのみ支えを頼む人間は
なんと不幸なことだろう!

わたしはこれをコルネイユが『エレミヤ記』を書きなおした詩の一節だと勘違いしていました。正直なところ、たいした詩だとは思っていませんでした。ところが、このラシーヌの魂のこもった『第四の讃歌』を読みつづけるうちに、あなたのために書き写さずにはいられないほど美しい詩節に出会いました。本の余白にあなたが大胆にも書きこんだ頭文字から見ると、それはたぶんあなたもよく知っている文章なのでしょう。(じっさい、そのころ僕は自分の本とアリサの本のなかで好きな文章を見つけ、それをアリサにも読ませたいと思ったとき、その文章の横にアリサの名前の頭文字を書きつけるのを習慣にしていた）でも、そんなことはどうでもいいの！　わたしがこれを書き写すのは自分の楽しみのためです。自分が発見したと思った文章が、すでにあなたに教えてもらった文章だと分かって、最初はちょっと残念に思いました。でもそのうち、そんなつまらない気持ちは、あなたもわたしと同じようにその詩が好きなのだと思う喜びの前で消えてなくなりました。いまその詩句を書き写しながら、あなたと一緒に読みかえしているような気持ちになっています。

永遠の知恵の声が響いて、
私たちに教えてくれる。
「人の子たち、あなたの
心労が実らせた果実は何か？
うつろな魂たち、あなたは
どんな過ちのせいで、

その血管の澄みきった血から
飢えを癒(いや)すパンでなく
前より飢えを深くする
影しか得られないのか?

私があなたに差しだすのは
天使が食べものとするパンだ。
神がみずから小麦を選び
作ってくれたもの。
あなたが従う現世の
食卓には絶えてのぼらない
この上なく美味なパン。
私に従うものにそれをあたえよう。
おいで、生きたいのなら。
取って、食べて、生きなさい」

…………
主よ、あなたにとらわれた
幸せな魂は安らかに
けっして涸(か)れない
清い水で喉を潤す。
誰でもこの水を飲める。
それなのに、われわれは
愚かにも泥の泉に駆けつけ
また偽りの水桶を探し求めるが
水はいつでも逃げてゆく。

なんと美しい言葉！　ジェローム、なんという美しさでしょう！　本当にあなたもわたしと同じくらい美しいと思ってくれるかしら？　わたしの本の小さな注には、この讃歌をドーマル嬢が朗誦するのを聞いて、マントノン夫人[2]が感激のあまり、「滂沱(ぼうだ)として涙流れ」、もう一度その部分をくり返させた、とあります。わたしもいまはそれを暗記していて、何度くり返しても飽きることがありません。ここにいてただひとつ悲しく思うのは、この讃歌をあなたから読んで聞かせてもらわなかったことです。

旅行中のジュリエットたちからはよい知らせが続々と届いています。バイヨンヌとビアリッツはひどい暑さでしたが、ジュリエットがその滞在をたいへん楽しんだことはあなたもご存じね。それからふたりは、スペインのオンダリビアを訪れたあと、ブルゴスへも行き、二度もピレネー山脈を越えました……。いまはモンセラートにいて、そこから感激いっぱいの手紙を書いてきました。ふたりはさらに一〇日ほどバルセロナでゆっくり過ごしたあと、九月までにはニームに戻る考えです。エドワールがニームでぶどうの収穫の準備をすべて整えなければならないからです。

一週間前からわたしたち、つまり父とわたしは、フォングーズマールにいます。明日ここにミス・アシュバートンがやって来て、四日後にはロベールも戻ります。かわいそうに、あの子が試験に落第したことを知っているでしょう。難しい試験ではなかったのですが、試験官が妙にひねくれた質問をしたので、弟はあがってしまったのです。あなたの手紙にロベールは一生懸命やっていると書かれていたので、彼の準備が足りなかったとは思いませんが、試験官はそんなふうに生徒を慌てさせて喜ぶ人らしいのです。

あなたの合格については、ほとんどおめでとうという必要もないくらいね。それくらい当然のことだと思っています。あなたを信頼しているの、ジェローム！　あなたのことを思うたび、胸に希望があふれてきます。いつか話をしてくれた仕事は、これから始めることができそうかしら？……

……この庭は何も変わったように見えないけれど、家のなかはずいぶん空っぽになった感じ！　あなたに今年、ここに来ないでと頼んだわけは分かってくれた

2　太陽王ルイ一四世とひそかに結婚した才女。恵まれない貴族子女のためにサン・シール学院を作って女子教育に貢献した。マントノン夫人はラシーヌの保護者でもあり、ラシーヌ最後の傑作『エステル』と『アタリー』はサン・シールの女生徒による上演のために書かれた。ドーマル嬢はマントノン夫人の秘書。

でしょう。そのほうがいいと思ったの。毎日そう自分に言い聞かせているのよ。だって、こんなに長いことあなたに会わないでいるのはとてもつらいことだから……。ときどき、思わずあなたを探してしまうの。本を読むのをやめて、いきなり後ろを振りむくと、あなたがそこにいるみたいな気がするわ！

　手紙を続けます。いまは夜で、みんな寝ています。わたしだけが夜更かしして、開いた窓の前で、あなたに手紙を書いています。庭にはいい匂いが満ちて、空気はほんのり暖かです。子供のころ、何かとても美しいものを見たり、とても美しい音を聞いたりしたとき、「神さま、こんなものを造ってくれてありがとう」と思ったことを憶(おぼ)えているでしょう……。今夜、わたしは心の底からこう思ったの、「神さま、こんなに美しい夜を造ってくれてありがとう！」って。そして突然、あなたにここにいてほしいと思い、自分のそばにあなたがいると強く感じて、きっとあなたも同じ気持ちにちがいない、と思いました。

　そう、たしかあなたは手紙のなかで、「気高く生まれた魂にとっては」、何かを賞讃する気持ちは感謝に変わる、と書いていたわね……。あなたに書きたいことはまだまだたくさんあるの！――わたしはいまジュリエットが手紙で語っていたあの輝かしい国のことを考えています。それから、ほかのもっと広い、さらにもっと輝かしい、もっとひっそりとした国のことも思っています。わたしはいつか、どういうわけかわからないけれど、あなたと一緒に、どこことも知れない広大な神秘の国を見に行くという奇妙な確信を抱いています……。

　この手紙を読んで、僕がどれほど有頂天になり、どれほど激しい愛のむせび泣きに見舞われたか、たぶん容易に想像していただけると思う。さらに何通もの手紙が続いた。たしかにアリサは僕がフォングーズマールへ行かなかったことに感謝していたし、今年は会いに来ないでほしいと頼んできたことも事実だ。だが、彼女は僕がいないことを後悔し、いまや僕にいてほしいと望んでいるのだ。ページをめくるたびに、その同じ呼びかけが響いてきた。それにあらがう力を僕はどこから汲みあげたのだろう？　たぶんアベルの忠告が効いたか、いまの喜びをいきなり台なしにすることへの不安が

3　コルネイユの好んだ言い回し。

生じたか、心が誘惑に屈することを恐れて自然に身を硬くして守るような反応が働いたのだろう。
次々に届いた手紙のなかから、この物語の進展を知るのに役立つ箇所をすべて書き写してみる。

親愛なるジェローム
あなたの手紙を読みながらうれしさでいっぱいになりました。オルヴィエトからの手紙にお返事しようと思っていたところへ、ペルージアからの手紙とアッシジからの手紙が同時に届きました。私の心はまるで旅人です。体だけはここにいるふりをしていますが、本当はあなたと一緒にウンブリアの白い道を歩いているの。朝、あなたと出発して、生まれたばかりのような目であけぼのの光を眺めています……。もしかしてコルトーナの高台からわたしを呼んだ？　声が聞こえたの……。アッシジで登った山のなかでは本当に喉が渇いたわ！　でも、フランシスコ会の修道士がくれた一杯の水がとてもおいしく感じられたの！　そうなのよ！　あなたをとおしてすべてのものを見ているの。聖フランチェスコについてあなたが書いてくれたことは素晴らしいわ！ そのとおり、求めるべきなのは、心を『高めること』であって、解き放つことではありません。心を解き放つということには、嫌らしい思いあがりが付きまとうからです。大志を抱くとしたら、それは何かに逆らうのではなく、何かに尽くすために役立てるべきです。

ニームからの便りはとてもよい知らせで、もう喜びに身を任せてもいいと神さまに許されたような気持ちです。この夏、ただひとつ暗い出来事があるとすれば、それはかわいそうな父のことです。わたしたちは心を尽くしていますが、父はいつも淋しそうで、というか、ひとりきりになった途端、淋しさのなかに戻ってしまい、そこから抜けだすことがますます難しくなっているのです。わたしたちのまわりで自然があらゆる喜びの言葉を語るときでも、その言葉は父には通じません。耳を傾けようとさえしないのですから。――ミス・アシュバートンは元気です。わたしは父と彼女にあなたの手紙を読んであげています。一通の手紙で三日は話のたねができるわね。そうこうするうち、次の手紙が届くというわけ……。

……ロベールはおととい、ここを発ちました。休暇の終わりを友だちのRのところで過ごすのだとか。Rの父親は模範的な農場を経営しています。たしかに、ここでわたしたちが送っている生活はあの子にとってそんなに楽しいものではないのでしょう。Rの農場に行きたいと言いだしたとき、わたしはその計画に賛成してやるほかありませんでした……。

話したいことがたくさんあるの。いつまでもずっとおしゃべりしていたいという気持ち！　ときどき言葉が見つからなくなったり、はっきりした考えが浮かばなくなったりして——今夜などは夢を見るような感じでこの手紙を書いているけれど——おたがいに無限の財産をやりとりしているみたいな、豊かさのあまりほとんど息苦しいような感覚だけが残るのです。

あんなに長いあいだ、どうしてたがいに黙りこんでいられたのかしら？　たぶん冬眠していたのね。でも、もうおしまい！　こんな恐ろしい沈黙の冬は終わりにしましょう！　ふたたびあなたと出会ってから、生きることも、考えることも、感じることも、すべてが尽きることなく美しく、貴く、豊かなものに思えます……。

九月一二日

ピサからのお手紙、たしかに受けとりました。こちらも素晴らしい天気です。いまだかつてノルマンディがこれほど美しく見えたことはありません。おとといは、ひとりで野原を行きあたりばったりに歩いて、ひどく長い散歩をしました。陽光と歓喜にすっかり酔っぱらったようになって、疲れたというより興奮して帰宅しました。燃えるようなお日さまの下で、干し草の山の美しかったこと！　自分がイタリアにいると想像しなくても、すべてが素晴らしいと感じられました。

そうなの、ジェローム、あなたが言ったように、自然の「混沌(こんとん)とした讃歌」のなかから、わたしが聞きとり、理解したのは、歓喜への誘いということです。鳥の鳴き声ひとつひとつのなかに歓喜への誘いを聞き、一輪一輪の花の香りから同じ誘いを嗅(か)ぎ、祈りのただひとつのかたちとして、讃美しかないということが分かったのです——そして、「言葉にできない」愛で胸をいっぱいにして、聖フランチェスコとともに、神さま！　神さま！　「これよりほかに何もいりません(エ・ノン・アルトロ)」と何度も口にしています。

でも、無知な修道女になるんじゃないかなんて心配はしないでね！　近ごろは雨の日が多かったことも幸いして、ずいぶんたくさん本を読みました。讃美の気持ちはもっぱら本のなかに注ぎこんだようなものです……。マルブランシュ[4]は読みおえ、すぐにライプニッツの『クラークへの書簡』にとりかかりました。それから、すこし頭を休めるために、シェリーの戯曲『チェンチ一族』を読みました——面白くなかったけれど。シェリーは詩の『はにかみ草』も……。あなたを怒らせるかもしれないけれど、シェリーの作品とバイロンの作品をほとんど全部集めても、去年の夏、あなたと一緒に読んだキーツの四つの頌詩（オード）にはとても及ばないでしょう。ボードレールのソネット数篇のためなら、ユゴーの全作品を犠牲にしてもかまわないのと同じことだわ。「偉大な」詩人なんてなんの意味もないもので、「純粋な」詩人こそ大事なものね……。ありがとう！　こうしたことすべてを知り、理解し、愛することを教えてくれて、心から感謝しています。

……だめよ、再会する数日の楽しみのために、旅行を切りあげたりしないで。本当のことをいえば、わたしたちはまだ会わないほうがいいと思うの。信じてちょうだい。あなたがそばに来てくれても、わたしはいまほどあなたを思うことはないでしょう。あなたを苦しめたくはないけれど、あなたに——いまは——来てほしくないという気持ちです。はっきり言いましょうか？　あなたが今夜来ると知ったら……わたしは逃げだします。
お願い！　説明しろと言わないで、この……感情を。どうか分かってほしい。わたしがいつでもあなたを思っていること（それだけであなたの幸福には十分なはずでしょう）、そして、そうすることでわたしは幸せなのだということ、それだけがわたしに分かっていることです。……

この手紙が来てからまもなく、僕はイタリアから戻ってただちに兵役に就き、ナンシーに送られた。知りあいは誰もいないが、むしろひとりぼっちであることは喜ばしかった。というのも、アリサの恋人だという誇りを抱く僕にとっても、また、アリサにとっても、彼女の手紙だけが僕のただひとつの避難場所であり、彼女の思い出だけがロンサール[5]のいう「わが唯一の全きもの（エンテレケイア）」であることがいっそう明らかになると思

4　一七、八世紀フランスの哲学者。修道士として神学とデカルト哲学を総合しようとした。ライプニッツと論争。
5　一六世紀フランスの偉大な抒情詩人。『オード集』『恋歌集』で全欧的な名声を博す。

えたからだ。
じっさい、僕たちに課せられたかなりつらい決めごとに、僕は楽々と耐えていた。すべてにたいしてしっかりと身構え、アリサへの手紙のなかでも、君がいないのが残念だと書く以外、なんの泣き言も洩らさなかった。そして、僕たちはこの長いお別れのなかに、自分たちの勇気にふさわしい試練を見出してさえいた。——アリサは僕に、「泣き言をまったく言わないあなた」とか、「挫ける姿が想像できないあなた……」とか書いてきたほどだ。こうした言葉に背かないためにも、耐えられないことなどあってはならなかった。

僕たちが最後に会ってから、ほとんど一年が経っていた。アリサはそんなことを気にもとめない様子で、いまからまた同じだけ待つことをくり返そうとするように見えた。そこで僕がアリサをとがめると、こんな返事が送られてきた。

一緒にイタリアへ行ったじゃないの？　忘れっぽいのね！　一日だってあなたと離れたことはないわ。だから、しばらくのあいだ、あなたに付いていけないということを分かってほしいの。わたしが別離と呼ぶのは、たったそれだけのことよ。ところで、軍服姿のあなたを目の前に思い描こうと努めてみました……。でも、できなかった。わたしにできるのは、せいぜい、ガンベッタ通りの小さな部屋で、夜、書きものをしたり、本を読んだりしているあなたを思いだすことだけ……でも、じっさいには、あなたとフォングーズマールかル・アーヴルで会えるのは、一年後にならなければ無理なのよね?

一年! 過ぎた日々を数えることはしません。希望を抱くわたしの心は、ゆっくりゆっくり近づいてくるその未来の時をじっと見つめているの。憶えているかしら、庭のずっと奥に低い塀があって、塀の下に菊が植わっていたでしょう。その塀の上を歩いて遊んだわね。ジュリエットとあなたは、塀の上を、まるで天国にまっすぐ向かうイスラム教徒のようにすたすたと歩いていったわ——ところがわたしは、足を踏みだすなり、めまいがして、あなたは下から大声で励ましてくれた。「足もとを見ちゃだめだ!……前を見て! 進むのをやめないで! 終点を見るんだよ!」そして、ついにあなたは——言葉をかけてくれるよりありがたいことに——塀の向こう端によじ登って、わたしを待っていてくれた。それでわたしは体の震えも止まって、めまいももう感じなくなったの。あなただけをしっかりと見て、あなたが広げた腕のなかへ飛びこんでいった……。

ジェローム、あなたへの信頼がなかったら、わたしはどうなっていたでしょう？　わたしはいつでもあなたが強い人だと感じていたいの。あなたを頼りにする必要があるのよ。弱気を見せないで。


アリサと僕は、いわば挑戦するような気持ちから――わずかな時間の再会では満足できないことへの恐れも手伝って、待機の時間をさらにひき延ばし、新年が近づいて僕が軍隊から休暇をもらう数日間に、パリのミス・アシュバートンのところで会おうと約束したのだった……。

前にも言ったとおり、ここにすべての手紙を書き写しているわけではない。次の手紙は二月の中ごろ受けとったものだ。

おととい、パリ通りのM書店のウインドウに、アベルの本が堂々と並べられているのを見て、ひどく驚きました。あなたはアベルの本が出たと教えてくれたけれど、わたしはそれが存在するという「現実」を信じられなかったのです。こらえきれず店に入りました。でも、本の題名があまりに下品で、店員に伝えることができなくなって、なんでもいいからほかの本を買って店を出てしまおうかとさえ思いました。でも幸いなことに、カウンターのそばに『ひめごと』が山と積みあげられ、買い手を待っていました――それで本を一冊掴み、店員に口をきく必要もなく、私はカウンターにすばやく一〇〇スー[6]を置きました。

アベルがわたしにこの本を送ってくれなかったことに感謝しています！ わたしは恥ずかしい思いをせずにこの本のページをめくることができません。本の内容が恥ずかしいことはもちろん――結局のところ、淫らというより、ばかげたことのほうが多いのですが――あのアベル、あなたの友人であるアベル・ヴォティエがあんなものを書いたと思うことがむしろ恥ずかしいのです。「ル・タン」紙の批評家がそこに見出した「偉大な才能」なるものを一ページ一ページ探してみ

6 旧貨幣単位による表記。一〇〇スーは五フランにあたる。

ましたが、ぜんぜん見つかりませんでした。ル・アーヴルの小さな付きあいの世界では、しばしばアベルのことが話題にのぼり、この本の評判が上々だという噂も聞きました。みんなは「軽妙さ」とか「優美さ」とか言いますが、それはあの人の精神の救いがたい浅薄さの別名にほかなりません。もちろん、わたしは慎重に口を噤んでいますから、こんな感想を言うのもあなたにたいしてだけです。気の毒なヴォティエ牧師は、最初のうちはとても困っていたようですが、いまは自慢してもいいような気持ちになっているみたいです。牧師のまわりにいる人たちが寄ってたかってそう思いこませようとしているからです。昨日など、プランティエの伯母の家で、V夫人がだしぬけに「牧師さまも、息子さんが立派に成功して、さぞかしお鼻が高いことでしょう!」と言ったので、牧師はちょっと当惑したように「いやいや、まだそこまでは……」と答えたのです。そこへ伯母が「いえいえ、きっとそうなりますよ! そうなりますとも!」ともちろん悪気はなく、まるで激励するような調子でつけ加えたので、みんなが笑いだして、牧師まで笑っていました。

アベルが『新アベラール』という芝居をパリの目抜き通りのどこかの劇場のた

めに準備中で、新聞はもうその噂を書きたてているみたいだけれど、それが上演されることになったら、いったいどんなことになってしまうでしょう！……哀れなアベル！　彼が望んでいた成功はこんなもので、それに満足なのかしら！

わたしは昨日、『内なる慰め』[7]のこんな言葉を読みました。「永遠なる真実の栄光を心から望むものは、現世のかりそめの栄光を一顧だにしない」。それを心で蔑まぬものは、天上の栄光を好まぬことを示す」。そこでわたしはこう思いました。神さま、この天上の栄光にジェロームを選んでくださって感謝します。それに比べたら、この世での栄光なんてなんの意味もありません。

何週間、何か月かが、単調な軍務のなかで過ぎていった。しかし、僕は過去の思い出と未来の希望のことしか考えなかったので、時の流れの遅さ、時間の長さはほとんど気にならなかった。

7　キリスト教徒のための精神修養の書『キリストにならいて』が、一五世紀にラテン語からフランス語に訳された際に用いられた仏語版の表題。

伯父とアリサは六月に、ニームの近くで暮らすジュリエットに会いに行くつもりだった。ちょうどそのころ、ジュリエットが子供を出産する予定だったからだ。だが、あまり調子がよくないという知らせが届き、ふたりは出発を早めることになった。アリサは手紙でこう伝えてきた。

あなたがル・アーヴルに送った最新の手紙は、わたしたちがル・アーヴルを出たあとに届きました。どういうわけか、一週間も経って、それがようやくここに回送されてきたのです。その一週間のあいだ、わたしは頼りなく、震えるように、不安いっぱいで、無力感に苛（さいな）まれていました。ああ、ジェローム！　わたしはあなたと一緒のときだけ自分自身でいられるし、自分以上のものになれるような気がするの……。

ジュリエットは元気を回復しました。わたしたちはそんなに心配せず、出産を今日か明日かと待ちわびています。ジュリエットは、わたしが今朝あなたに手紙を書くことを知っています。わたしたちがエーグ゠ヴィーヴに到着した翌日、ジュリエットは、「ところでジェロームはどうしているの……いつも手紙をくれる？……」と尋ねてきたので、わたしは嘘をつけず、本当のことを答えると、「それじゃあ、姉さんが手紙を書くときには……」と言って一瞬ためらったあと、とてもやさしく微笑みながらこう言いました。「……わたしの病気はもう治ったと伝えてちょうだい」。――わたしはジュリエットがよこすいつも陽気な手紙を読みながら、彼女が幸福なふりをしているのではないか、そうしているうちに自分でもその気になってしまったのではないか、とちょっと不安に思っていました……。いまジュリエットが幸福と見なしているものは、かつて彼女が幸福の源泉として夢見ていたものとは、あまりにもかけ離れているから！……そうよ！「幸福」というのは、魂との結びつきがあまりにも深いものなの。外側から幸福を形づくっているように見えるものなんて、ぜんぜん意味がないものなんだわ！わたしが「石ころが原」をひとりで歩きながらいろいろ考えたことについては、もうこれ以上書こうとは思いません。でも、そのときわたしがいちばん驚いていたのは、もう楽しいという気持ちになれないことでした。ジュリエットの幸福を考えるだけで、わたしも幸せになれていいはずなのに……。なぜわたしの心はこんなわけの分からない憂鬱に襲われて、それを追いはらうことができないのでしょう？　この地方の美しさを心で感じている、と言うとちょっと言いすぎかしら、その美しさを頭では理解しているのに、それがかえって、わたしの言いしれぬ悲しみをいっそう深くするばかりなの……。あなたがイタリアから手紙をくれていたときは、わたしはすべてを、あなたをとおして見ることができました。ところがいま、あなたなしで何かを見ると、それをこっそりあなたから盗んでいるような気がするの。それにフォングーズマールやル・アーヴルにいたときは、暗い雨の日に耐えられるような抵抗の力を養っていました。ところが、すべてが明るいこの場所ではその力はもうなんの役にも立たず、抵抗することの無意味さを感じて、かえって不安が募るのです。人々の笑い、この土地の陽気さは、わたしの神経に障ります。たぶん、わたしが「悲しい」と思うのは、単に、わたしがこの土地の人々のように陽気に騒げないということなのでしょうが……。以前、わたしが喜びを感じているとき、そこには自慢の気持ちが含まれていたのかもしれません。というのは、いま、ここで自分とは無縁の陽気さに囲まれているとき、わたしは逆に屈辱のようなものを味わっているからです。

ここに来てから、お祈りさえほとんどできていません。神さまはもうどこか別の場所に行ってしまったというような子供っぽい気分にさえなります。さよなら。もうおしまいにするわ。こんな神への冒瀆（ぼうとく）の言葉や、自分の弱さと情けなさを口に出し、書きつらねたことを恥ずかしく思います。こんな手紙は、もし今日の夕方、郵便屋さんが運んでいってくれなかったら、明日の朝になって破りすててしまうようなものでしょう……。

次の手紙は、姪が生まれ、アリサが姪の名づけ親になること、そして、ジュリエットと伯父の大変な喜びようを書いてあるだけで……アリサ自身の感情にはまったく触れていなかった。

その後、フォングーズマールから手紙がまた届くようになり、七月にはジュリエットも姉のところにやって来たが……。

エドワールとジュリエットは今朝、ここを発ちました。とても残念なのは、可愛い小さな姪がいなくなってしまったことです。半年後、また会うときには、あの仕草はすべて、前とは違ったものになっているでしょう。その仕草のひとつひとつが生まれてくるところを、ほとんど何ひとつ見逃さなかったのに。「成長」というのは、いつでも本当に神秘的で、驚くべきものです！　わたしたちがたいして驚かずにいられるのは、注意が足りないからです。希望がいっぱいに満ちたあの小さな揺りかごを覗きこんで、わたしは何時間も過ごしました。でも、どんな自己中心的な気持ちや自己満足のせいで、よりよいものを求める願望が消えて、あんなにも早く精神の発達が終わってしまうのかしら？　すべての人間があんなに神さまから遠いところで立ちどまってしまうなんて。ほんとうに！　もしわたしたちがもっと神に近づくことができて、もっと神に近づきたいと望むなら……すごく張りあいが出てくるでしょうに！

ジュリエットはとても幸せそうです。ピアノも読書もやめてしまったのを見て、初めは悲しく思ったのですが、エドワール・テシエールは音楽が嫌いだし、読書もそんなに好まないのです。逆に、夫が付いてこられない楽しみを捨てたジュリエットの選択は賢明なものです。ジュリエットのほうが夫の職業に興味をもち、エドワールは自分の事業をすべて妻に教えてやっています。彼の事業は今年、ずいぶん大きくなりました。エドワールはふざけて、ル・アーヴルにお客さんがたくさんできたのは、ジュリエットが結婚してくれたおかげだな、なんて言っています。ついこのあいだ、ロベールはエドワールの商用の旅行に同行しました。エドワールはロベールにずいぶん目をかけてくれて、あの子の性格もよく分かっているらしいので、ロベールがこの種の仕事に真剣な関心をもつことを期待しています。

父はとてもよくなりました。娘の幸せな様子を見ることで若返ったのです。前のように農場や庭にも興味を見せるようになったし、わたしに本の音読を再開しようと言ってきたのです。この音読はわたしたちがミス・アシュバートンを交えて始めた習慣で、テシエール一家の滞在中はやめていました。そんなわけで、わたしがいま読んであげているのは、ヒュブナー男爵[8]の旅行記です。わたしも読むのが楽しみです。わたし自身、これからは本を読む時間がずっと増えるでしょう。でも、読むべき本をあなたに教えてもらうのを待つことにします。だって、今朝、何冊も本を次々手に取ってみたけれど、どれひとつ読む気になれたものがないん

8 一九世紀オーストリアの外交官。

ですもの！……

このころからアリサの手紙は、心乱れ、切迫した感じを露わにしていった。夏の終わりに来た手紙はこんな調子だった。

あなたを心配させるのではないかと思いながら、どんなにあなたを待ちこがれているか、言わずにはいられません。あなたに再会するまでの一日一日が重くのしかかり、わたしを押しつぶしてしまいます。でも、まだ二か月もある！　あなたから離れて過ごしたこれまですべての時間より長く感じられるの！　待つ時間の長さをまぎらわすためにどんなことをしてみても、すべてがばかばかしく、その場かぎりのことに思えて、本気になれません。読書にも活気や魅力が感じられず、散歩もぜんぜん楽しくない。あらゆる自然が輝きを失い、庭は色褪せ、なんの香りもしません。あなたのつらい仕事、義務として課される訓練がうらやましい。だって、その仕事はあなたが選ぶものではなく、たえずあなたをあなた自身からひき剝がし、疲れさせ、日々の時間をどんどん速め、夜になれば、疲れきったあなたを眠りのなかに突きおとすのですから。あなたの手紙にあった軍事演習の感動的な描写が頭から離れません。このところ夜によく眠れず、何度も起床ラッパの音を聞いて、びくりとして目が覚めました。はっきりとラッパの音が聞こえたのよ。でも、あなたが書いてきたことで、まざまざと想像できることもあるの。朝のあの快活な喜び、ちょっと酔っぱらったような気持ち、めまいにも似た気分……。凍りつくような夜明けのまぶしい光のなかで、あのマルゼヴィルの高台がどんなに美しく見えたことでしょう！……

しばらく前からあまり具合がよくないの。いいえ！　たいしたことはないのよ。ただ、ちょっとあなたを待つ気持ちが強くなりすぎただけ。

それから六週間経った。

これが最後の手紙です。あなたの帰ってくる日付はまだ決まっていないけれど、そんなに遅くはならないでしょう。きっともう手紙を書くまでもないわ。フォングーズマールであなたと再会したかった。でも、季節が悪くなったので、とても寒くて、父は町に戻りたいとばかり言っているの。いまはここにジュリエットもロベールもいないから、あなたが泊まるにはちょうどいいけれど、フェリシー伯母さまのところに行ったほうがいいわね。伯母さまもあなたに会えて大喜びするでしょう。

あなたとの再会の日が近づくにつれて、待ちこがれる気持ちは不安に変わっていきます。ほとんど怖いような心境です。あなたが来るのをあれほど待ちのぞんでいたのに、いまはなんだか恐れているみたい。そのことをもう考えないようにしているの。突然、玄関のベルが鳴って、階段に足音が響くと思っただけで、心臓がとまるか、気分が悪くなってきそう……。驚かないでね、口がきけなくなるかもしれないから……。そのとき、わたしの過去は終わると感じています。その先は何も見えない。わたしの人生はそこでとまるの……。

しかし、その四日後、つまり僕が兵役から解放される一週間前に、もう一通、とても短い手紙を受けとった。

ル・アーヴルでの滞在とわたしたちの再会の最初の機会を、無理やりひき延ばさないという考えに賛成です。これまで手紙でたくさん語りあったのですから、これ以上このことについて何を話しあう必要があるかしら？ 授業科目の登録のために二八日にはパリにいなければならないというのなら、わたしはかまいません。二日しか一緒にいられなくても、残念がったりしないわ。だって、これから一生ずっと一緒にいられるでしょう？

Ⅵ

結局、アリサと僕が再会したのは、プランティエ伯母の家でだった。長いこと軍隊にいたせいで、僕は自分が粗雑で鈍重になったように感じていた……。そして、アリサもまた僕の変化に気づいたはずだと考えざるをえなかった。だが、アリサと僕のあいだのことだから、最初に間違った印象が生まれても、そんなことを恐れる必要はないだろう――僕が恐れていたのは、アリサが以前とは異なった人間に見えてしまうことだった。そのため、僕は最初のうち、アリサのほうを見ることができなかった……。いや、それより僕たちを狼狽させたのは、周囲の人がわざわざ僕たちを婚約者らしく振舞うように仕向けたことで、みんなしてアリサと僕をふたりきりにしようとして、僕たちの前からそそくさと去っていこうとするのだった。

「でも、伯母さま、ぜんぜん邪魔になんかならないわ。ふたりきりの秘密の話なんてないんですから」ついにアリサがはっきりと言った。フェリシー伯母がその場から立ち去ろうとして、露骨なまでに不自然な態度をとったからだ。

「とんでもない！　おおありでしょう！　分かってますとも。長いこと別れ別れだったんだから、話したいことが山ほどあるはずよ……」

「伯母さま、いい加減にして。出ていったりしたら怒りますよ」と、アリサはほとんどむっとしたような口調で言った。彼女の声とは思われないほどだった。

「伯母さん、誓って言いますが、出ていったりしたら、僕たちは二度とふたたび、ひとことも口をききませんからね」僕は笑いながら言った。だが、ふたりきりになる場面を想像すると、自分でもそれを恐れていることにうろたえた。ふたたび会話は三人で続けられたが、楽しそうなふりをして月並みな話題に終始し、偽りの活気を振りまきながら、裏にはそれぞれの困惑を隠していた。次の日、僕は伯父から昼食に誘われていたので、そのときまたアリサと会えるはずだった。そのため、最初の夕方は、こんなお芝居が終わることにほっとしながら、僕とアリサは何ごともなく別れることができたのだった。

　僕が昼食の時間よりずっと早く到着すると、アリサは女友だちと話をしているところだった。友だちを無理に帰すわけにもいかず、また、友だちのほうも気をきかせて席をはずしてくれようとはしなかった。結局、友だちが帰ってふたりきりになったとき、僕は、アリサが友だちを昼食に誘わなかったことに驚いたふりをしてみせた。僕たちはふたりとも、昨夜眠れなかったせいで、疲れ、苛立っていた。伯父がやって来た。僕が伯父の老いに驚いたことにアリサは気づいていた。伯父は耳が遠くなり、僕の声がよく聞きとれないため、話をするために大声を出さなくてはならなかった。そのせいで僕の話は間の抜けたものになった。

昼食が終わると、約束どおり、プランティエの伯母が馬車で迎えに来た。僕たちをオルシエまで連れていき、その帰り道に、途中のいちばん気持ちのよい場所でアリサと僕を降ろし、ふたりきりで散歩させようという考えだった。

一〇月のわりには暑かった。僕たちが歩いた坂道はじかに日が当たり、殺風景だった。木々の葉はすでに落ちていたので、まったく日陰がなかった。馬車で待つ伯母に追いつこうと焦って、僕たちは無理に足を速めた。ひどい頭痛のせいで、なんの考えも浮かばなかった。平静を装うため、あるいは、そうすることが会話の代わりになると思って、僕は歩きながら、アリサが差しだした手を握りしめていた。興奮し、速足のせいで息切れしていたうえ、黙っている気まずさも手伝って、顔が火照り、こめかみがずきずきと脈打った。アリサも異様に顔が紅潮していた。やがて、じっとりと湿った手を握りあっている不快さに気づき、手を放し、その手を悲しく下に垂らした。

そんなふうに急いだため、待ちあわせの十字路に、馬車よりもかなり早く着いてしまった。伯母は僕たちに会話の時間をたっぷりあたえるため、別の道を回って、ひどくゆっくりと馬車を進ませていたのだ。僕たちは丘の斜面に腰を下ろした。急に冷たい風が吹いてきて、僕たちは身震いした。汗びっしょりだったのだ。それを機に立ちあがり、伯母の馬車が来るほうへ向かった……。だが、最悪だったのは、勘の鈍い伯母がまたしてもしつこく思いやりを発揮してくれたことだ。僕たちが十分話しあったと思いこんで、婚約の日どりについて質問攻めにしてきたのだ。アリサはそれに耐えられず、目に涙をいっぱいに浮かべて、激しい頭痛のせいだと言い訳をした。帰り道はみんな黙りこんだまま終わりになった。

翌日、目を覚ますと、体がくたくたに疲れ、風邪をひいて、ひどく気分が悪かった。それで、ビュコラン家へ行く気になったのは、ようやく午後になってからだった。間の悪いことに、アリサはひとりではなかった。フェリシー伯母の孫娘であるマドレーヌ・プランティエが来ていたのだ——アリサはこの娘と話すのが好きなことを僕は知っていた。マドレーヌは祖母の家に数日間泊まりに来ていたのだが、僕が入ってくるのを見ると、明るい声を上げた。

「あなたがここから『山の手』のうちに戻るなら、わたしも一緒に帰るわ」

思わず僕は承知してしまった。それでアリサとふたりきりになることができなかった。だが、この気のいい娘が一緒にいてくれたことは、むしろ僕たちの救いになった。昨日のように耐えがたい気まずさを味わわずにすんだからだ。まもなく三人の会話は円滑に進むようになり、しかも、それは最初に僕が恐れていたような上っつらだけのものではなかった。僕がさよならと言うと、アリサは奇妙な微笑みを浮かべた。そのときまで、アリサは僕が翌日ここを発つことを知らなかったらしい。それに、すぐに再会できるという見とおしがあったので、僕の別れの言葉は悲しい口調ではなかった。

だが、夕食を済ませたあと、もやもやした不安に襲われ、僕は町に降りて一時間近くさまよい歩いた。それから、もう一度ビュコラン家の扉のベルを鳴らす決心をした。今度迎えに出てきたのは伯父だった。アリサは具合が悪いといって部屋に上がり、すぐにベッドに入ったらしい。僕はしばらく伯父と話をして、ビュコラン家をあとにした……。

こんな行き違いは腹立たしいが、そんなことを嘆いてもはじまらない。たとえどんなにうまくお膳立てが整っても、僕たち自身に気まずさの原因があったかもしれないのだ。とはいえ、僕にとっては、アリサもまたそうした気持ちの齟齬(そご)を感じていたことがいちばんつらかった。次の手紙は、僕がパリに帰ってすぐに受けとったものだ。

なんて悲しい再会だったのでしょう！　あなたはほかの人のせいだと言いたそうに見えたけれど、本当はあなた自身、そうは思っていなかったのよね。これからもこんな調子だと思います。分かっているの。お願い！　もう会うのはやめましょう！

話すべきことがいくらでもあったのに、なぜあんなに気まずく感じ、居心地が悪い思いをし、堅苦しく黙りこんでいたのかしら？　再会した最初の日は、あの沈黙さえもがうれしく感じられました。だって、沈黙はいつしかほどけて、あなたが素晴らしい話をしてくれると思っていたから。そうせずにあなたが発ってしまうなんて、思いもしなかったの。

けれど、オルシェでのふたりの気づまりな散歩が黙ったまま終わりになると悟ったとき、そしてとくに、わたしたちの手がたがいに離れ、希望を失って下に垂れたとき、わたしの心は嘆きと苦しみで消えてしまうかと思いました。何より悲しかったのは、あなたの手がわたしの手を放したことではなく、あなたの手がそうしなければ、わたしの手がきっとそうしただろうと感じたことです――だって、わたしの手のほうも、あなたの手のなかにあることをつらく感じていたのですから。

その翌日――つまり昨日のことね――、わたしは朝のうちずっと、狂ったようにあなたを待っていました。あまりに心配で家にじっとしていられず、わたしがどこにいるかを置き手紙に書いて、波止場に向かいました。長いこと高波がうねる海を眺めていたけれど、あなたがいないところで海を見ているのがつらくなって、ふと、あなたがわたしの部屋で待っているかもしれないと思いついて、家に戻りました。午後はわたしに来客があることも分かっていました。前日、マドレーヌがうちに来ると言ったとき、あなたとは午前中に会えると思ったので、来てもいいと答えてしまったから。でも、今度再会したなかで、気分よく過ごすことができたのは、マドレーヌが一緒にいてくれたあのときだけだったかもしれないわね。わたしはしばらくのあいだ、この気楽な会話がいつまでも続くというおかしな幻みたいな気分になっていたの……。それで、あなたがわたしとマドレーヌの座っている長椅子に近づき、わたしのほうに屈みこんで、さよならと言ったとき、わたしは返事をできなかった。すべてが終わってしまうような気がしたから。そして突然、あなたがパリに帰るのだということが分かったの。

あなたがマドレーヌと帰ってしまった途端、そんなことはあってはならないことだと思われ、とても耐えられないと感じました。それでわたしもあとから外へ飛びだしたの！　あなたともっと話をしたかったし、これまで言わなかったことをあらいざらいうち明けようと思ったから。すぐにプランティエのうちに行かなくちゃと思ったけれど……もう遅かったし、時間もなかったし、勇気も……。うちひしがれて家に帰り、手紙を……手紙なんかもう書きたくないという手紙……別れの手紙を書こうと思ったの……だって、わたしたちが書いた手紙は巨大な幻でしかなかった。そうなのよ！　わたしたちは自分で自分に手紙を書いていただけなの……ジェローム！　ジェローム！　悲しいわ！　わたしたちはいつでも遠く離れたままだったとはっきりと感じたのよ！
じつはこの手紙も書いてから一度破ったのに、いままたほとんど同じものを書いています。そうじゃない！　前よりあなたを愛さなくなったんじゃないわ！　それどころか、あなたがそばに来るだけで、自分でもうろたえ、息苦しく思えるほどなの。どんなに深くあなたを愛しているか、かつてなくまざまざと感じます。でも、同時に絶望的な気持ちにもなるの。だって、本当のことをいえば、遠くにいるときのほうが、もっとあなたを愛していたのですから。悲しいことよ！　じつは前からそうじゃないかと思っていたの。そして、あれほど待ちのぞんでいた再会を果たして、ついにそのことが正しいと分かったのよ。あなたにも分かると思います。さようなら、こんなに愛しているあなた。神さまがあなたを守り、導いてくれますように。そばへ近づいていって罰を受けないのは、神さまだけね。

さらに、これだけでは僕の苦しみが十分ではないとでもいうように、翌日、こんな追伸が送られてきた。

この手紙を出すにあたって、わたしたちふたりの事柄に関して、もうすこし秘密を大事にしてほしいと思います。ふたりだけで分かちあわなければならないことについて、あなたはジュリエットやアベルに話をして、何度もわたしを傷つけました。まさにそのせいで、あなたが考えるよりずっと前から、わたしは、あなたの愛が、心というより頭の愛で、情愛と信頼からできた美しい知的な陶酔なのではないかと考えるようになっていました。

僕がこの手紙をアベルに見せはしないかという不安から、最後の数行が書きくわえられたのは間違いない。どれほど疑りぶかく鋭い勘を働かせて、こんな用心をすることになったのか？　最近の僕の言動のなかに、アベルの助言の影を感じとったのだろうか？……

僕の気持ちがアベルから遠く隔たったと感じていた矢先に！　僕とアベルは正反対の道をたどっていた。だから、重苦しい悲嘆を僕にひとりで背負わせたいというのなら、こんな指図はまったく余計なことだった。

続く三日間、僕はたえず悲しみに責めさいなまれた。アリサに返事を書きたかったが、冷静すぎる議論や、激しい抗弁や、下手なひとことで、僕たちの傷口を癒しがたく広げてしまうことが怖かった。何度となく、愛がじたばたともがくような手紙を書きかけた。涙に洗われたこの手紙、ついに送ることを決心したこの手紙の写しを読みかえすたび、いまでも涙がこみあげてくる。

アリサ！　僕を、僕たちふたりを憐れだと思ってくれ！……君の手紙を読むのはつらい。君の不安を笑うことができたらどんなにいいだろう！　たしかにそうだ、君が書いてよこした気持ちを僕も感じていた。でも、そのことを考えるのが怖かった。それなのに、想像にすぎなかったことを、どうして君はそんなに恐ろしい現実にしてしまうのか。そして、僕たちのあいだの厚い壁にしてしまうのか！

もし君が以前ほど僕を愛していないと感じるなら……ああ！　そんなつらい想像はしたくない。だって、君の手紙のすべてがそんな想像を否定しているじゃないか！　だとしたら、君の気まぐれな不安にどんな意味があるというのだ？　アリサ！　理屈を言おうとすると、言葉が凍りついてしまう。僕には自分の心のうめきしか聞こえない。君をあまりに愛しているので、何かをうまく言いつくろうことなどできないのだ。君を愛していればいるほど、言葉がうまく出てこなくなる。「頭の愛」だって……そんな言葉に僕はなんと答えればいいのだろう？　魂のすべてで君を愛しているとき、どうしたら知性と心情を区別することができるというのか？　だが、僕たちの手紙そのものが君の激しい非難の原因になっている。僕たちはその手紙でいい気分にもち上げられ、そのあとで現実にたたき落とされてひどく傷つくのだ。いまや君は僕に手紙を書いても君自身に手紙を書いたとしか思えないという。そして、僕も力尽きて、この前の手紙と同じような手紙をさらに一通受けとることは不可能だ。だから、そうだね、すこしのあいだ、手紙のやりとりはすべてやめることにしよう。

この手紙のあとに続く部分で、僕はアリサの判断に異を唱え、考えを改めてくれと申しいれ、新たに会う約束をしてほしいと懇願した。この前会ったときはすべてがうまくいかなかった。道具立て、登場人物、季節——それに、興奮しすぎた手紙のせいで、僕たちは慎重な準備をまったく欠いていた。今度会うときまで、手紙のやりとりはいっさいなしにしよう。再会は春のフォングーズマールがいい。あそこなら、過去の思い出が僕の味方をしてくれるし、伯父も喜んで迎えてくれるだろう。復活祭の休みのあいだに、会う日数はアリサがいいと思うだけにして、どんなに短かいあいだでもかまわない。

僕の決心は固まった。手紙を出してしまうと、勉強に没頭することができた。

この年が終わる前に、僕はアリサと再会することになった。数か月も健康を害していたミス・アシュバートンが、クリスマスの四日前に亡くなったからだ。兵役から戻って以来、僕はふたたびミス・アシュバートンと暮らしていた。だから彼女のもとをほとんど離れることはなく、息を引きとる瞬間にも立ちあうことができた。アリサから一通の葉書が届いたが、それは僕の喪の悲しみに同情するというより、アリサと僕の沈黙の誓いを大事にすると宣言するようなものだった。伯父が来られないので埋葬にだけ参列し、すぐ次の列車で帰るというのだ。

別れの儀式のときも、運ばれる柩（ひつぎ）に付いていくときも、アリサと僕はほとんどふたりきりだったが、せいぜいひとことかふたこと言葉を交わしたにすぎない。しかし、教会に入ってアリサが僕のそばに腰を下ろしたとき、何度も彼女のまなざしがやさしくこちらに注がれるのを感じた。

「約束どおり」アリサは別れぎわに言った。「復活祭までは、何も」

「ああ、でも復活祭には……」

「待っています」

僕たちは墓地の出口にいた。僕は駅まで送って行こうと言ったが、アリサは馬車を呼んで、別れの挨拶もなく、僕を置いて行ってしまった。

Ⅶ

「アリサは庭で待ってるよ」

四月の末に僕がフォングーズマールに着いたとき、伯父は父親のようにキスをしてからそう言った。最初はアリサが急いで迎えに出てきてくれないのを残念に思ったが、すぐあとから、それが再会した瞬間のつまらない感情の吐露を避けるためだと分かって、アリサの配慮をありがたく思った。

アリサは庭の奥にいた。僕は密生した草木の茂みに囲まれた円形の広場に向かった。一年のこの時期には、茂みに生えているリラ、ななかまど、えにしだ、たにうつぎが、一斉に開花するのだ。僕はいきなり間近でアリサを見たいと思い、また、彼女に自分が近づくところも見られたくなかったので、庭の反対側から暗い小道をたどっていった。そこは木々の枝に覆われ、空気がひんやりとしていた。僕はゆっくりと進んだ。

空は、僕の喜びに応えるように、温かく、輝きに満ち、澄みきっていた。たぶん、アリサは僕がもう一方の小道を通ってくるのを待っていたのだろう。アリサの背後からすぐそばまで近づいたとき、彼女はまだ僕の足音に気づかなかった。僕は立ちどまった……。僕と一緒に、時間も止まったかのようだった。この時こそが、と僕は考えた、おそらくもっとも甘美な瞬間なのだ。まだ幸福そのものに到達しない時でありながら、幸福よりも貴重な瞬間……。

僕はアリサの前にひざまずこうとして一歩踏みだした。すると彼女がその足音を聞きつけた。突然立ちあがり、熱心に取りくんでいた刺繡(ししゅう)が地面に落ちるにまかせ、僕のほうに両腕を差しだして、手を僕の肩に置いた。しばらくのあいだ、僕たちはそのままでいた。アリサは腕を伸ばし、頭をかしげて微笑(ほほえ)みを湛(たた)え、何も言わず、やさしく僕を見つめている。服は純白だった。真面目すぎるとさえ思える顔には、子供のような笑いが浮かんでいる……。

「アリサ、聞いてくれ」僕はいきなり大きな声を出していた。「今日から一二日間の休みがある。でも君がいやだというなら、一日だって余計にいるつもりはない。だから合図を決めておこう。明日、フォングーズマールを発(た)たなければならないという合図を。そうしたら次の日、僕は不平も不満も言わず出発するよ。いいかい?」

前もって用意した言葉ではないので、かえってすんなりと言いだすことができた。

アリサはしばらく考えてから、こう答えた。

「夕方、食事に降りるとき、あなたの好きなアメジストの十字架を首から外していたら……それでいい?」

「それが、僕の最後の夜になる」

「でも、出発することができるかしら」とアリサは続けた。「涙も流さず、ため息もつかず……」

「別れの言葉も言わず。前の日の夜と同じように君と別れるよ。あまりに素気ないので、君は最初、あら、合図に気づかなかったのかしら、と思うだろう。だが、翌日、君が探しても、僕はもういない」

「翌日、わたしは探さないわ」

アリサは手を差しだした。僕はそれを唇に引きよせ、こう言った。

「いまからその運命の夜まで、何かを予感させるようなことはしないでほしい」

「あなたも、お別れが来るなんてほのめかさないでね」

いまは、再会の重々しさから生まれた空気、ふたりのあいだに立ちはだかろうとするこの気づまりな空気をうち破る必要があった。

「君のそばで過ごすこれから数日が、ほかの日と変わらないものであってほしいと思っているんだ……」と僕は続けた。「つまり、僕たちふたりとも、これが特別な日であると思わないこと。それから……初めのうちは、あまりおしゃべりしないようにしたらどうだろう……」

アリサが笑いだしたので、僕はさらにつけ加えた。

「ふたりで一緒にできるようなことはないかな？」

これまで僕たちは庭仕事が好きだった。すこし前から古い庭師が新米の庭師に替わったため、庭は二か月もほったらかされて、するべきことがたくさんあった。ばらの木は剪定(せんてい)が行きとどいておらず、生命力の強い株に枯れ枝がいっぱい付いたままだった。ほかのつるばらは支柱がしっかりしていないため、地面にくずおれていた。つるばらの大部分はかつてアリサと僕が接(つ)ぎ木したものだ。僕たちは自分が育てた株を憶(おぼ)えていた。それらが必要とする手入れには長い時間がかかったので、最初の三日間は、真面目な話題にはまったく触れずにいろいろ話をすることができたし、黙っているときでも、その沈黙を重苦しく感じずにすんだ。

こうして、僕たちはふたたびおたがいになじんでいった。どんな説明よりも、こうした親しみのほうが信用できた。これまで離ればなれでいたという記憶もすでにぼんやりとしはじめ、僕がしばしばアリサに感じた不安も、アリサが僕にたいして恐れた心の緊張も、しだいに和らいでいった。アリサは、去年の秋の悲しい再会のときより若がえり、これまでになく美しく見えた。僕はまだアリサにキスをしていなかった。毎夜、僕は彼女のブラウスの上に、金の細い鎖で吊られたアメジストの小さな十字架がきらめくのを見た。安心感から、僕の心にはふたたび望みが生まれていた。これを望みというべきだろうか？　いや、それはすでに確信で、アリサもそう感じていると僕は思っていた。自分をまったく疑っていなかったので、アリサの気持ちももはや疑うことはなかった。しだいに僕たちの会話は大胆になっていった。

「アリサ」僕は呼びかけた。それは心地よい空気が微笑みを誘い、花々のように心が開く朝のことだった。「いまはジュリエットも幸福になったことだし、僕たちもそろそろ……」

アリサをじっと見つめながら、落ち着いて話をしていた。アリサの顔は急に色を失った。ひどい蒼白さで、僕は言葉を終えることができなかった。

「ジェローム！」僕のほうを見ずに言った。「あなたのそばにいると、これ以上ありえないと思うほど幸福に感じるの……でも、本当のことをいうと、わたしたちは幸福になるために生まれてきたんじゃないわ」

「幸福よりほかに魂は何を望むんだ？」僕が思わず叫ぶと、アリサはこう呟いた。

「清らかさ……」あまりに小声だったので、僕はそれを聞いたというより、察したのだった。

僕のすべての幸福が、翼を広げて空へ逃げ去ろうとしていた。

「君がいなければ、清らかになることもできない」と僕は言った。そして、アリサの膝に顔をうずめ、悲しさからではなく、愛の心から、子供のように泣きじゃくっていた。僕は続けて言った。「君がいなければだめだ、だめなんだ！」

この日はそれ以降、ほかの日と同じように過ぎていった。だが夕方になって、アリサはアメジストの小さな十字架を外して現れた。約束どおり、僕は翌日、夜が明けるなり出発した。

翌々日、シェイクスピアの詩句を冒頭に置いた、次のような奇妙な手紙が届いた。

That strain again,—it had a dying fall :
O, it came o'er my ear like the sweet south,
That breathes upon a bank of violets,
Stealing and giving odour.—Enough ; no more,
'Tis not so sweet now as it was before...
(あの曲をもう一度——消えいるような調べだった。
ああ、すみれの花咲く堤を吹きすぎ
妙なる香りを往き来させ
この耳に甘い南風のように響いた。——だが、もういい、
前ほど甘くなくなった[1]……)

あなたの言ったとおりだったわ！　思わず、朝じゅうあなたを探してしまった。

あなたが出発したなんて信じられなかった。約束を守ってくれたことを恨みたくなりました。ふざけているんだとも思ってみました。草木の茂みを見るごとに、あなたがそこからふと姿を現すような気がしたの。――でも違う！　あなたが出発したことは事実だわ。それに感謝します。

あなたが発ったあと、その日いちにち、ある考えにつきまとわれて過ごしたので、そのことを言っておきたいと思うの――それと、奇妙な、しかしはっきりとした恐れも。その説明をしておかないと、あとになってあなたに申し訳ないことをしてしまったと思って、あなたからとがめられても仕方ないと後悔するでしょうから……。

あなたがフォングーズマールに来た最初のころ、わたしはあなたのそばにいると、身も心も不思議に満ちたりた気分になったことにかえって驚いて、でもそのあとすぐに不安に襲われたの。「このほかに何も望むものがないような満足感！」とあなたは言っていたわね。許して！　それがわたしを不安にするの……。

1　『十二夜』一幕一場、オーシーノー公爵の台詞。

説明が分かりにくいかもしれません。わたしのいちばん激しい感情を表しているのに、それをこむずかしい理屈（しかも、ひどく下手な理屈！）だと思われやしないかと心配なの。

「満足できなかったら、それは幸福とはいえないんじゃないか」――あなたはそう言ったわ、憶えている？　でも、わたしはそれになんと答えていいか分からなかった。そう、ジェローム、満足できないの。いえ、満足してはいけないのよ。甘美さでいっぱいのあの満足感、わたしはそれを真実だとは思えないの。去年の秋、その満足感の陰にどんな苦しみが隠れていたか、わたしたちは思い知ったはずでしょう？……

真実が必要なの！　神さま、わたしたちを守ってください！　あの満足感が真実であるはずがないわ！　わたしたちは別の幸福のために生まれてきたのよ……。

この前、手紙のやりとりが秋の再会をだめにしてしまったように、昨日あなたがそばにいてくれた思い出が、今日の手紙を味気ないものにしています。むかしあなたに手紙を書くときにいつも感じていた、あのうっとりするような感情は、どこへ消えてしまったのでしょう？　手紙をやりとりしたり、たがいに会ったりすることで、わたしたちの愛から生まれる純粋な喜びがすべて汲（く）みつくされてしまったのよ。それでいま、思わず『十二夜』のオーシーノーのように叫んだんだわ。「だが、もういい！　前ほど甘くなくなった」
　さようなら、わたしのジェローム。Hic incipit amor Dei.（ここに神の愛が始まる。）ああ！　どれほどわたしがあなたを愛しているか、いつの日か分かってもらえるかしら？

永遠にあなたのものであるアリサより

　美徳という名の罠（わな）にたいして、僕はまったく無力だった。自分に打ち勝つことに心を引かれ、目を眩（くら）ませられていたのだ――じっさい、僕には愛と克己心（こっきしん）の区別もできていなかった。アリサの手紙のせいで、この上なく無謀な熱狂に酔ったのだ。要するに、できるだけ美徳を積もうと心がけたのは、ただアリサのためだった。どんな道であろうと、それを上りさえすれば、アリサのもとに近づけると思っていた。そうなのだ！　大地がいきなり狭くなっても、そこに僕とアリサがいられるものなら、どんなに速く狭くなってもかまわなかった！　哀れなものだ！　僕はアリサが巧みな駆けひきをおこなっているなどとは考えてもみなかったし、ひとつの山の頂上に到達するたびに、彼女はまた逃げてしまうということが想像できなかった。

僕はアリサに長い返事を出した。その手紙のなかで、わずかに事態を見とおしていたといえる一節だけが記憶に残っている。僕はこう書いた。

「しばしば思うことだが、僕が自分のなかに持っているもののなかで、愛だけが最良のもののように感じられる。僕の美徳といえるものも、すべてそれにかかっている。愛が僕を僕以上のものに押しあげてくれるのだ。君なしでは、僕は、ごく普通の性質の人間が達するあの平凡な水準に落ちてしまうだろう。君のところにいけるという望みがあるからこそ、いちばん険しい道が僕にとっていつでも最良の道に見えるのだ」

そのほかにどんなことを書いたおかげで、アリサはこんな返事を送ってきたのだろう?


でもジェローム、清らかさは選り好みできるものではないのよ。それは《務め》です（この言葉には三本下線が引かれていた）。あなたがわたしの信じているような人であるなら、あなたもこの務めから逃げることはできないはずだわ。

これだけだった。ふたりの手紙のやりとりもこれで終わりだということ、また、どれほど巧妙に言葉を駆使しても、どれほど執拗な意志をもってしても、もはや何の役にも立たないだろうということが分かった。というか、そんな予感がした。
それにもかかわらず、僕はまたしても長い、愛情をこめた手紙を書いた。三通目の手紙ののち、こんな返信が届いた。

お友だちへ
あなたに手紙を書かないと決心したわけではありません。ただ、手紙を書くことにもう心が動かないの。いいえ、あなたの手紙はまだわたしを楽しませてくれます。でも、こんなにもあなたに気にかけてもらうことが、ますます心苦しく思えるのです。
まもなく夏です。しばらく手紙のやりとりをやめて、九月の後半の二週間、フォングーズマールへ来て、わたしのそばで過ごしませんか？　もしも承知してくれるなら、返事はいりません。あなたの沈黙を同意だと考えます。だから、返事をいただけないことを望んでいます。

僕は返事を出さなかった。たぶん、この沈黙が僕に課せられた最後の試練にちがいない。数か月の勉強、そして数か月の旅行を終えて、フォングーズマールへ行ったとき、僕はこの上なく穏やかで落ち着いた気分だった。

しかし、初めは自分でもきちんと納得できなかった事柄について、簡単な物語を語るだけで、どうしてすんなりと理解してもらえるだろう？ ひどい悲しみを生んだ出来事を記すほか、僕はここで何を語ることができるだろう？ その出来事があってから、僕は悲しみにすっかり打ちのめされてしまったのだ。いまとなれば、あのきわめて不自然な外見に隠れて、まだ愛が脈打っているのを感じとれなかった自分を許せない。だが、あのとき、初めはその外見しか目に入らず、僕はアリサが変わってしまったと思って、彼女を非難した……いや、アリサ、あのときだって君を非難したわけではない！ そうではなく、もうむかしの君ではなくなったと思いこんで、僕は絶望し、嘆いていたのだ。君の愛が沈黙という術策を弄したり、残酷な技巧を凝らしたりしたことは、いまではかえって、それによって君の愛の力の大きさを測るよすがになる。

だとするなら、君に深い悲しみをあたえられればあたえられるほど、僕はそのぶんさらに君を愛さなければならないのだろうか？……

あれは軽蔑だったのか？　冷淡さだったのか？　いや、違う。僕がなんとか克服できるようなものではなかった。僕が戦うべき相手は存在しなかったのだ。そして、ときどき僕はわけが分からなくなり、この惨めな状態を自分ひとりで作りだしたのではないかと疑った。それほどこの惨めさの原因は微妙なもので、アリサは巧みに僕の惨めな気持ちなど分からないというふりをした。そんな状態で、いったい何に不満をぶつければよかったのか？　アリサの僕にたいする態度はいつになく好意的だった。これほど親切で、思いやりにあふれていたことはかつてなかった。到着した最初の日は、その愛想のよさにほとんど騙されそうになった……。ぎゅっとひっつめにした新しい髪型のせいで顔つきがこわばり、表情が変わったように見えたし、くすんだ色で、手ざわりのごわごわした、似合わないブラウスが、アリサの体の優美な曲線を台なしにしていたのだが、それがどうしたというのだ……。そんな髪型や服装はすぐに直せるはずだし、明日にだって、自分から、あるいは僕が頼めば、直してくれるだろうと根拠もなく信じていた……。それより僕がつらいと思ったのは、これまで僕にたいして一度も表したことのない親切心や思いやりを見せられることだった。そこに僕は、自然な感情の発露というよりは義務感を、さらにあえていうなら、愛よりは他人への礼儀正しさを見ることを恐れていた。

夜、客間へ入っていくと、いつもの場所にピアノがないのでびっくりした。落胆して声を上げると、アリサは落ち着きはらった声で答えた。

「ピアノは新しくするつもりなの」

「だから何度も言ったじゃないか」伯父がほとんど叱りつけるような厳しい調子で言った。「これまであれで十分だったんだから、ピアノを引きとらせるのはジェロームが発ったあとにすればよかったんだ。お前が急ぐから、みんなの楽しみがひとつ減ってしまった……」

「だってお父さん」とアリサは赤らめた顔を隠そうと横を向いて言った。「あのピアノはこのごろとても音が悪くなって、あれではジェロームだってなんにも弾けないわ」

「お前が弾くときは」と伯父は反論した。「そんなに悪い音には思えなかった」

アリサはしばらく客間にとどまり、暗がりのほうに身をかがめ、肘掛椅子（ひじかけいす）のカバーの寸法を測るような様子だったが、それから急に部屋を出て、かなり時間が経（た）ってから、伯父が毎晩飲むことにしている煎じ薬を盆に載せて戻ってきた。

翌日、アリサは髪型もブラウスも変えていなかった。家の前のベンチに父親と並んで座り、前の晩からやっていた裁縫というより継ぎはぎ仕事を再開した。アリサのそばのベンチやテーブルには、穿きふるしたストッキングやソックスでいっぱいになった大きな籠が置かれ、彼女は中身を次々に取りだして仕事をした。数日も経つと、籠には今度はタオルやシーツが入っていた……。その仕事にすっかり集中しているようで、唇は固く閉じられ、目はじっと動かなかった。

「アリサ！」と最初の日の晩、僕は思わず大声を出していた。しばらく前から、気づかれないようにアリサの顔を見ていたが、彼女がまるで別人のように思え、顔から人間的な感情が消えていることにほとんど恐怖を感じたのだ。

「あら、どうしたの？」アリサは顔を上げながら答えた。

「僕の声が聞こえてるかどうかと思って。考えごとに夢中で、僕のことなんか忘れてしまったみたいだから」

「とんでもない。わたしはちゃんとここにいるわ。ただ、この裁縫はとても注意がいるのよ」

「君が縫っているあいだ、僕が本を読んであげてもいいかな?」

「ちゃんと聞いていられないかもしれないけど」

「どうしていま、そんなに大変な仕事をするんだい?」

「誰かがしなきゃならない仕事でしょ」

「これでお金を稼ぐ貧しい女たちもたくさんいるじゃないか。それなのに君がこんな厄介な仕事をするのは、まさか節約のためじゃないだろう?」

アリサはすぐに、こんなに面白い仕事はないと断言した。そして、ずいぶん前からほかの仕事をしていないから、器用さがなくなってしまったにちがいないとつけ加えた……。微笑みを浮かべてそう言ったのだ。その声はこれまでになくやさしいもので、僕はかえって悲しくなった。アリサの顔は、「ごく当たり前のことよ。なぜそんなことで悲しむの?」と言っているように見えた。——そして、僕の心に生まれた抗議の言葉はすべて口から出ることなく、僕の胸に重くたまった。

翌々日、ふたりでばらを摘んだとき、アリサは部屋までばらの花を運んでほしいと言った。今年、僕はまだアリサの部屋に足を踏みいれていなかった。たちまちのうちに、どんなに大きな希望が生まれたことだろう！　というのも、僕は相変わらず悲しみに沈みがちで、自分自身を責めていたからだ。アリサがかけてくれるひと言で僕の心は癒(いや)されるにちがいない。

僕はアリサの部屋に入るたびに感動を抑えられなかった。そこには、いわば美しい調べのような穏やかな空気が漂い、それはアリサの人柄にふさわしかった。窓辺やベッドのまわりのカーテンの青い影、艶やかに光るマホガニーの家具、整理整頓、清潔さ、静けさ、そういったすべてのものが僕の心にアリサの清純さと思慮ぶかい優美さを伝えてくるのだ。

その朝、ベッドのそばの壁にマサッチオの絵の大きな二枚の複製写真が掛かっていないので、僕は変だなと思った。それは僕のイタリア土産なのだ。その理由を尋ねようとしたとき、僕の視線はすぐそばにあるアリサの愛読書を並べた棚に落ちた。この小さな書棚は、半分は僕がアリサに贈った本、もう半分はふたりで一緒に読んだ本を並べて、徐々にできあがったものだ。それらの書物が全部なくなっていた。代わりに、アリサには軽蔑してほしいと思うような、通俗的な信仰の本が書棚を埋めつくしていた。ふと目を上げると、笑うアリサの顔があった——そう、僕を眺めながら笑っていたのだ。

「ごめんなさい」アリサはすぐに謝った。「あなたの顔を見ていたらおかしくなってしまったの。本棚を見ていきなり変な顔をするんですもの……」

僕は冗談でごまかす気にはなれなかった。

「信じられないよ、アリサ、いまこんなものを読んでいるのかい？」

「もちろんよ。驚いた？」

「栄養のある食べものに慣れた頭が、こんな味も素気もないものを食べたら、気分が悪くなるだろうに」

「何を言ってるの」とアリサは答えた。「この本を書いたのはみんな謙虚な心をもった人たちよ。自分の考えを一生懸命説明して、わたしと率直に話をしてくれるから、一緒にいるのが楽しいの。初めからわたしには分かるのよ、この人たちはけっして美しい言葉を操る罠にはまらないし、わたしがその本を読みながら、うわついた褒め言葉を聞かされていい気になったりはしないと」

「じゃあ、もうこんなものしか読まないの？」

「だいたいはね。そう、何か月もそうしてるわ。それに本を読む時間がもうあまりないの。実を言うと、つい最近、あなたに教えてもらって感心した大作家を読みなおそうとしたけれど、聖書に出てくる、身長をわずかでも伸ばそうと苦心する人みたいだと思ってしまったわ[2]」

「そんな変な考えを起こさせた『大作家』って誰のことだい？」

「その人がそうだと思ったわけじゃなくて、その人の本を読んでいるときに、そんな考えが生まれたの……パスカルよ。たぶん、たまたま目にした文章が悪かったのね……」

僕は苛立って手を振った。アリサはうまく活けられない花から目を上げず、暗誦するように明快で単調な声で話していたが、僕の仕草を見ると、一瞬、話を途切れさせ、それから同じ口調で続けた。

「パスカルの大げさな調子には驚いてしまうわ、それにあの無理に頑張っているよう

2 『マタイ伝福音書』六章二七節。「汝らの中たれか思ひ煩ひて身の長一尺を加へ得んや」。新共同訳では本書の言及と意味がずれるので、ここでは文語訳を引用する。

な態度にも。でも何かを証明しているところはほとんどないわ。あんなに悲愴な口ぶりをするのは、信仰のせいというより、懐疑を抱いているからじゃないかしら。完全な信仰をもっていれば、あんなに涙を流したり、声を震わせたりする必要はないもの」

「その震えと涙こそが、彼の声の美しさの源なんだ」――そう言いかえそうとしたが、勇気がなかった。というのは、アリサの言葉に、それまで彼女のなかで僕が愛おしいと思ってきたものが何ひとつ見出せなかったからだ。僕はアリサの言葉を記憶のとおりに書き写している。あとから飾ったり、分かりやすくはしていない。アリサはこう続けた。

「パスカルは現世の生活から喜びを取りのぞいて味気なくしてしまったけれど、そうでもしなければ、現世の生活のほうがずっと素晴らしいということになったでしょうね……」

「何より素晴らしいの？」とこの奇妙な言葉に驚いて尋ねた。

「あの人の描くあやふやな天上の至福よりも」

「それじゃあ、君はパスカルのいう天上の至福を信じないのか？」僕は大きな声で言った。

「そんなことはどうでもいいの！　損得の計算をしているなんて疑われないためにも、天上の至福なんてあってもなくてもいいのよ。神を愛する魂が美徳にむかって進むのは、報酬がほしいからじゃなくて、天性の気高さからなのよ」

「そこからパスカルのひそかな懐疑主義も生まれたんだよ。懐疑主義にこそ彼の気高さが隠れている」

「懐疑主義じゃないわ、ジャンセニスム[3]よ」とアリサは微笑みながら言った。「でも、そんなことは関係ないの。この貧しい人たちは」――と彼女は書棚の本のほうを振りかえった――「自分の考えがジャンセニスムなのか、キエティスム[4]なのか、ほかのなんなのか説明しろと言われたら困ってしまうわよ。彼らが神の前に頭を下げるのは、草が風に吹かれるようなものなの。ごく自然なことで、困っているからでも、そうすることが美しいからでもないわ。彼らは自分をつまらないものだと思っているし、自

3　一七世紀オランダの神学者ヤンセンから始まって、フランスに広まった宗教思想。神の恩寵を重視する一方、人間の意志を過小評価したため、従来のカトリック信仰からは異端視された。
4　静寂主義。自己を滅却して神との合一感を求めるキリスト教神秘思想。

分にすこしでも意味があるとしたら、それは神さまの前で自分を無にすることにしかないと分かっているの」

「アリサ！」僕は叫んだ。「なぜ君は自分の翼をもぎとろうとするんだ？」

アリサの声が穏やかで自然だっただけに、僕の叫びは自分でもばかばかしいほどいきり立って聞こえた。

アリサはふたたび微笑み、首を振った。

「最近、パスカルを読んで心に残ったただひとつのことは……」

「うん、なんだい？」アリサが言葉を切ったので、僕は尋ねた。

「『己(おの)が生命(いのち)を救はんと思ふ者は、これを失(う)ふ』というキリストの言葉よ。ほかのことは」とアリサは僕を真正面から見つめ、前より力強い笑顔を見せながら言った。「正直いって、もうなんだか分からなくなってしまったわ。こういう慎(つつ)ましい人たちとしばらく一緒にいたあとでは、偉い人たちの崇高さが、たちまち信じられないほど息苦しく感じられるの」

僕は呆然(ぼうぜん)として言葉を継いだが、ほかにどう答えればよかったのか？……

「もしこれから僕と一緒にこの説教や省察の本を読みたいというのなら……」

「いいえ」とアリサはさえぎった。「あなたにこんなものを読ませるわけにはいかないわ。だって、あなたはこんなことよりもっと立派なことのために生まれてきたんだから」

アリサはごく普通の調子でしゃべっていた。こんなふうにふたりの人生を隔てる言葉が僕の心をひき裂くことなど思ってもみない様子だった。僕の頭は火のように熱くなった。僕はもっと話を続けて、泣いてみせたかった。涙を見ればアリサも譲歩したかもしれない。だが、僕は何も言わず、暖炉に肘を突き、顔を手で覆っていた。アリサは僕の苦しみを知らず、あるいは知らないふりをしていたのか、静かに花を活ける作業を続けていた……。

そのとき、昼食を告げる最初の鐘が鳴った。

「食事に遅れてしまうわ」とアリサは言った。「先に行って」――そして、遊びの話でもするようにこうつけ加えた。

---

5 『マルコによる福音書』八章三五節「自分の命を救いたいと思う者は、それを失うが、わたし［キリスト］のため、また福音のために命を失う者は、それを救うのである」

「この続きはまたあとでね」

だが、続きはなかった。アリサはたえず僕から離れていった。逃げる素振りを見せたわけではなく、つねに偶然の用事が入って、それが緊急の重要性をもった仕事になってしまうのだ。僕は列に並んで待った。僕の順番は、終わることなく生まれてくる家事、納屋でするべき監督の仕事、小作人への訪問、近ごろアリサがますます力を入れている貧しい人々への援助といった義務のあとになった。残りの時間が僕のものになるが、それはもうほとんど残っていなかった。僕が見るのはいつもせわしなく働いているアリサだった——だが、そうした細々(こまごま)とした仕事にとらわれるアリサを見ながらも、追いかけることを諦めていたからこそ、彼女が僕から遠く離れていることをあまり感じないですんだのだ。逆にアリサとほんのちょっと話をするだけで、僕は彼女との距離をはっきりと思い知らされた。アリサがすこし時間を割いてくれるときでも、それはひどくぎこちない会話にしかならず、彼女はまるで子供の遊びにつきあっているような様子だった。アリサは微笑みを浮かべつつも、上の空で、僕のそばをすばやく通りすぎ、まったく見知らぬ人よりも遠い人に感じられた。そのうえ、その微笑みにときおり僕に挑むような目つき、あるいはそこまでいかなくとも、皮肉な感じが見えるような気がすることもあった。そんなふうにして僕の欲望をはぐらかし、面白がっているとさえ思えたのだ……。しかし、僕はすぐにそうした非難が自分にも当てはまるかもしれないと思いなおし、アリサを責めるような真似はやめようと考え、自分が彼女に何を期待しているのか、そもそも彼女のどこが悪いのか、見当がつかなくなってしまうのだった。

あれほどまでに幸福を期待していた日々は、実際にはこんなふうに過ぎていった。僕は日々が過ぎ去るのを呆然と眺めていたが、その日数を増やしたいとも、その流れを遅くしたいとも思わなかった。なぜなら、毎日、僕の苦しみは深まるばかりだったからだ。しかし、僕がフォングーズマールを発つ前々日になって、アリサは廃屋になった泥灰土を採る小屋のベンチまで、僕と一緒に散歩してくれた――それは澄みきった秋の夕暮で、すべての風景が青みがかって、霧の晴れた地平線まで見わたすことができ、ひどく曖昧な過去の思い出まではっきりとよみがえるかのようだったが――僕は不満を言わずにはいられなくなり、どんな種類の幸福を失ったせいで、いまの僕の悲しみが生まれてきたかを語った。

「でも、わたしに何ができるというの?」アリサは即座に言いかえした。「あなたは幻に恋をしているのよ」

「違うよ、アリサ、幻なんかじゃない」

「あなたがそう思っているだけ」

「なぜだ! ただの想像なんかじゃないのに。アリサは僕の恋人だった。僕はその恋人に呼びかけてるんだ。アリサ! アリサ! 君は僕の愛する人だった。君は自分をどうしてしまったんだ? どうしてこうなった?」

アリサはしばらく返事をせず、顔を伏せたまま、ゆっくりと花びらをちぎっていた。そして、ようやく口を開いた。

「ジェローム、どうして素直に、前よりわたしを好きじゃなくなったって言えないの?」

「そんなことはないからだ! ありえない!」僕は怒って叫んだ。「だって、いまほど君を好きなことはないんだから」

「わたしを好きなのね……でも、むかしのわたしのほうがもっと好きなのよ!」そう言いながら、アリサはなんとか笑おうと努め、すこし肩をすくめさえした。

「僕は自分の愛を過去のものにはしたくない」

僕の真下で地面が裂けていた。僕はなんにでもいいからしがみつこうとした……。

「愛だってほかのものと一緒に消えていくのよ」

「これほどの愛は、僕が死なないかぎり消えはしない」

「でも、そのうちに弱くなっていくわ。あなたが愛していると言うアリサは、もうあなたの思い出のなかにしかいないの。愛していたという思い出だけが残る日がきっと来るわ」

「まるで、僕の心に君の代わりになるものが現れるとか、僕が君を愛さなくなるとかいうみたいだね。僕をこんなに苦しめて喜ぶなんて、君自身が僕を愛したことを忘れてしまったのか？」

アリサの血の気をなくした唇が震えるのが見えた。ほとんど聞きとれないような声で呟いた。

「違う、違うのよ。アリサのなかで変わったものは何もないわ」

「それなら、何も変わっていないはずだ」アリサの腕を掴んで言った。

アリサはいっそう決然とした調子で答えた。

「ひとことですべてが説明できるのよ。なぜそのことを言わないの?」

「なんのことだ?」

「わたしは年をとったのよ」

「そんなばかな……」

僕はすぐに、君が年をとったなら僕も同じだし、僕らの年の差は変わらないと言いかえした……だが、アリサは落ち着きをとり戻した。かけがえのない時間は過ぎてしまったのだ。僕はむきになって反論したため、かえって居心地が悪くなった。いうべき言葉はもう見つからなかった。

それから二日後、フォングーズマールを発ったとき、僕はアリサにも自分にも不満を感じ、僕がいままでも「美徳」と呼んでいるものへの漠然とした憎しみと、いつまでも自分の心を離れない根深い執着への恨みの気持ちでいっぱいだった。アリサと最後に話しあったとき、自分の愛をあまりに強く主張したせいで、僕は情熱をすべて使いはたしたような気がしていた。初めはアリサのひと言ひと言に憤慨したが、僕の反論の言葉が敗れたいま、彼女の言葉は、僕の心のなかで力を増し、勝ち誇っているように思われた。そうだ！　アリサのほうが正しかったのだ！　僕が大事に思っていたのは幻にすぎない。僕がかつて愛したアリサ、そして、いまもなお愛しつづけているアリサは、もういない……。そうだ！　きっと僕たちは年をとったのだ！　この恐ろしい幻滅を前にして僕の心は凍りついたが、要するに、それは、すべてがありのままの姿に戻ったというだけのことだった。僕はアリサを徐々に高い場所に祭りあげ、自分好みの付属品で飾りたて、彼女を偶像に仕立てあげたのだが、その作業の結果残ったものは、疲労だけではなかったか？……アリサはひとりになるなり、自分本来の水準、平凡な水準に戻ったのだ。僕も本来の自分に戻ったのだが、自分と同じ水準にいるアリサをもう欲しいとは思わなかった。そうなのだ！　僕はアリサのいる高みに上ろうとして、苦しい美徳のための努力を続けたが、それはいま、なんとばかばかしく、空しい行為に見えることだろう。そもそもアリサをそんな高みにひき上げたのは、ひとえに僕自身の努力だったのだ。もうすこし思いあがりを抑えることができれば、僕たちの愛はもっとたやすく成就したかもしれない……これからのち、目的地の見えない愛に執心したところでどんな意味があるだろう。執着することは、忠実さではない。

忠実であるとしても、何に忠実だというのか？——自分の過ちにたいしてだ。いちばん賢明なのは、自分が間違っていたと認めることではないか？……

ちょうどそのとき、僕はアテネ・フランス学院[6]に推薦され、べつに野心も興味もなかったが、旅に出るという考えが、ここから逃げだす決断を促してくれたように感じたので、すぐに入学に同意した。

6　ギリシアのアテネにあるフランスの国立研究機関。古代ギリシアの考古学や東方の歴史文化研究を専門とする。

Ⅷ

それなのに、僕はまたしてもアリサと会うことになった……三年後の、夏の終わりのことだ。その一〇か月前、僕はアリサから伯父の死の知らせを受けとっていた。そのとき僕はパレスチナを旅行中で、すぐにかなり長い手紙を書いたが、返事はなかった……。

僕がル・アーヴルに行ったとき、どんな口実を作り、自然ななりゆきに見せかけてわざわざフォングーズマールにたち寄ったか、いまでは忘れてしまった。そこでアリサに会えることは分かっていたが、ほかの人たちと一緒に会うことは避けたかった。結局、行くことは知らせなかった。月並みな表敬訪問のように顔を出すのがいやだったので、僕は自分でもどうするつもりか分からないまま、道を進んでいた。家に入るべきか？　それとも、アリサに会わずに、いや、会おうなどと思わず、ただちにひき返すべきか？……そうだ、こうしたらどうだろう。ただブナの並木道をぶらぶら歩いて、アリサがいままでも座りに来るかもしれないあのベンチに腰を下ろすのだ……僕が帰ったあと、僕が来たことを示すどんな証拠を置いておけばいいだろうか……。そんなことを考えながら、ゆっくりした足どりで歩き、もうアリサとは会わないと決めた瞬間から、僕の心を締めつけていた苦い悲しみは、なんだか快い寂しさに変わっていった。すでに並木道まで来ていたので、姿を見られることを恐れて、農園の中庭に沿って続く土手の下の小道を歩いていった。僕は土手の上からビュコラン家の庭をすべて見晴らせる場所を知っていたので、そこに上った。見知らぬ庭師が通り道を熊手で掃除していたが、まもなく僕から見えない場所に移動した。新しい柵が中庭を囲んでいた。僕の通りかかる足音を聞きつけて、犬が吠えた。そこから離れて、並木道の端まで行き、右に曲がると、庭の塀にぶつかった。それから、いま来た並木道と並行しているブナの林まで行こうとして、菜園の小さな戸口の前に出たとき、突然、そこから菜園に入ってみようという考えが閃（ひらめ）いた。

戸は閉まっていた。しかし、押してみると内側の差し金はたいして頑丈そうではなかったので、肩で押して開けてしまおうと考えた……そのとき、人の足音が聞こえて、僕は塀の陰に隠れた。

　誰が庭から出てきたのか、見えなかった。だが、足音を聞いて、アリサだと感じた。彼女は数歩前へ出て、かすかな声で言った。

「あなた、ジェローム？」

　激しく鼓動していた僕の心臓は、一瞬、とまった。そして、喉がつまって声が出せずにいると、彼女は前よりはっきりした声でくり返した。

「ジェローム、あなたなの？」

　アリサが名前を呼ぶのを聞いて、僕の胸に強烈な感動が押しよせ、地面に膝をついていた。相変わらず僕が返事をしないでいると、アリサはさらに進み、塀の角を曲がった。突然、アリサの体が僕に触れるのを感じた――すぐに彼女の顔を見るのが怖かったからか、僕は腕で顔を隠していた。アリサがしばらく僕のほうに体をかがめているあいだに、僕は彼女の痩（や）せすぎた手に何度もキスをした。

「なぜ隠れていたの？」とアリサは尋ねたが、三年間の別離が三日間の留守でしかないような当たり前の口調だった。

「どうして僕だと分かったの？」

「あなたを待っていたからよ」

「僕を待っていた?」あまりの驚きにアリサの言葉を疑問にしてくり返すほかなかった……。僕がひざまずいているのを見て、アリサは言った。

「まずベンチのところまで行きましょう。──そうなの、またあなたに会えるにちがいないと分かっていたの。この三日間、毎晩ここに来て、今日の夕方と同じようにあなたを呼んでいたの……。なぜ返事をしてくれなかったの?」

「君に見つからなかったら、君に会わずに帰っていた」と僕は答えた。最初、僕を腑抜けのようにした感動に、いまは身を固くして逆らっていた。「──ル・アーヴルまで来たので、あの並木道を散歩して、庭のまわりを歩いたり、いまでも君が座りに来るだろうと思って、あの泥灰土を採る小屋のベンチでしばらく休んでみようと思ったんだ。そうしたら……」

「この三日間、あそこでわたしが読んでいたものを見て」アリサは僕の言葉をさえぎって、ひと束の手紙を差しだした。イタリアから出した僕の手紙だった。そのとき、僕はアリサのほうに目を上げた。彼女はひどく面変わりしていた。痩せこけて、血の気を失った姿が僕の心を恐ろしいほど締めつけた。僕の腕にぐったりと寄りかかり、何かに怯えるか、寒気でもするように、体を押しつけている。アリサはまだ父親の喪に服していて、帽子の代わりに被った黒いベールが顔を縁どり、そのせいでいっそう顔色が蒼白に見えた。アリサは微笑んでいたが、身も心も弱っているように見えた。いまもアリサがフォングーズマールにひとりぼっちで暮らしているのかどうか心配だった。だが、ひとりではなかった。ロベールが一緒に住んでいたし、この八月には、ふたりのところにジュリエットとエドワールと彼らの三人の子供がやって来た……。僕たちはようやくベンチに着いて、腰を下ろし、会話は月並みな消息を尋ねてさらに続いた。アリサは僕の仕事について質問した。僕は気乗りのしない答えを返した。もはや仕事に興味をもてなくなっていることを感じとってほしかったのだ。アリサが僕を失望させたように、僕も彼女を失望させてやりたかった。それに成功したかどうかは分からないが、少なくともアリサは失望の気配を見せなかった。僕のほうは恨みと愛の両方で胸がいっぱいになり、できるかぎり素気ない調子で話をしようと努力したが、感情が高ぶるあまり、ときどき声が震えてしまうのを情けなく思っていた。

　落日はしばらく前から雲に隠れていたが、いまや地平線すれすれに、僕たちのほとんど真正面にふたたび現れた。何もない野原をきらきらと震える豪奢な輝きで満たし、僕たちの足もとに開けた狭い谷をあふれるような光ですばやく覆いつくした。そして、消えた。僕は目が眩み、黙ったままだった。黄金に輝く陶酔の感覚に包まれ、それに貫かれるのを感じると、恨みがましい気持ちはあっさりと消えうせ、僕のなかには愛の声しか聞こえなくなった。うつむいて体を僕にあずけていたアリサは立ちあがった。そして、薄紙にくるまれた小さな包みをブラウスから取りだした。僕に渡そうとする仕草を見せたが、決心がつかない様子で手を止め、驚いて見つめている僕にこう言った。

「ねえ、ジェローム、これは、あのアメジストの十字架なの。この三日間の夕方、いつも持っていたのよ。ずっと前からあなたに渡そうと思っていたから」

「それをどうしろというんだ?」僕はかなりぶっきらぼうに言った。

「私の思い出として、あなたの娘さんのためにとっておいてほしいの」

「娘ってなんのこと?」アリサの真意が分からず、強い口調になった。

「お願いだから、落ち着いてわたしの言うことを聞いて。だめ、そんな目で見ないで。そうでなくても話しにくいことなんだから。でも、これは絶対にあなたに言っておかなければならないことなの。あのね、ジェローム、いつかあなたも結婚するでしょう?……いいえ、答えなくていいの、お願い、わたしの言葉をさえぎらないで。とても簡単なことよ、わたしがあなたを心から愛していたことを憶えていてほしいの、そして……もうずいぶん前から……三年も前から……あなたの好きなこの小さな十字架を、いつの日か、あなたの娘さんに、わたしの思い出として身に着けてほしいと思っていたのよ、いいえ！　わたしの思い出だとは知らせないでほしい……それで、もしかしたら、あなたは娘さんにつけてくれるかしら……わたしの名前を……」

声がつまって、アリサは言葉を止めた。僕は声を荒らげた。

「なぜ自分で渡さないんだ？」

アリサは話を続けようとした。その唇は泣きじゃくる子供のように震えていた。しかし、泣いてはいない。アリサのまなざしに宿る異様な輝きは、その顔を、この世のものとは思えない天使のような美しさで照らしだしていた。

「アリサ！　僕がいったい誰と結婚するっていうんだ？　君だけしか愛していないと知っているくせに……」そして、いきなり、夢中になってほとんど乱暴にアリサを腕に抱きしめ、唇に何度も激しいキスをした。アリサは一瞬、僕に身を任せたようになり、僕はのけぞった彼女の体を抱いていた。アリサのまなざしに翳りが見えた。やがて瞼が閉じられ、この上なく正しく、美しい調べに満ちた声がこう言った。

「わたしたちを憐れだと思って、ジェローム！　お願い！　わたしたちの愛を傷つけないで」

おそらくこんなことも言った、「卑怯なことはしないで！」と。いや、これは僕が自分に言ったことかもしれない。だが、もう分からない。ともかく僕はいきなりアリサの前にひざまずき、清らかな気持ちで彼女を腕に抱いた。

「そんなに僕を愛していたなら、どうしていつも僕を拒んでいたんだ？　いいかい！初め、僕はジュリエットの結婚を待っていた。君が彼女の幸福を願っていることも分かっていた。いまジュリエットは幸福になった。君が僕にそう言ったんだ。長いこと、君はお父さんのそばでずっと暮らしたいんだろうとも思っていた。でも、いま僕たちはふたりきりじゃないか」

「ああ！　過去を思いかえすのはやめましょう」アリサは呟いた。「もうページはめくられてしまったのよ」

「まだやりなおせるよ、アリサ」

「いいえ、もうできないわ。愛の力のおかげで、わたしたちはおたがいのために愛よりもすぐれたものを見るようになったのよ。その日から、すべては変わってしまった

の。あなたのおかげで、わたしの夢は本当の高みにのぼることができた。人間として
この世に満足することは、その夢を高みからひきずり落とすことになってしまうのよ。
わたしは何度も、わたしたちが一緒に送る生活のことを考えてみたわ。でも、それが
完全なものでなくなったら、わたしには耐えられなかったと思うの……わたしたちの
愛がそんなふうになったら」

「君は、僕たちがおたがいに相手のいない生活を送ることを考えたことがあるの
か?」

「いいえ! 一度だってないわ」

「じゃあ、分かるだろう! 君なしで、この三年間、僕は苦しみながらさまよってき
たんだ……」

夕闇が落ちてきた。

「寒いわ」そう言うとアリサは立ちあがり、ショールを強く引いて体に巻きつけたの
で、僕はもう腕を取ることができなかった。「聖書のあの気がかりな一節を憶えてい
るかしら? よく分かっていないんじゃないかと心配になったあの言葉よ。『彼等は
約束のものを得ざりき。神は我らの為に勝りたるものを備へ給ひし故に』[1]」

「その言葉をまだ信じているのか？」

「信じなくてはいけないの」

　僕たちはそれ以上何も言わず、すこしのあいだ並んで歩いた。アリサが口を開いた。

「ジェローム、想像できる、『勝りたるもの』を！」そう言うと、いきなりアリサの目から涙があふれだし、そのあいだも彼女は「勝りたるもの！」とくり返していた。

　ふたたび菜園の小さな戸口に来ていた。さっきアリサが出てくるのを見た戸口だ。彼女は僕のほうを振りむいた。

「さようなら！」とアリサは告げた。「もうこれ以上送らないで。さよなら、愛する人。いまから始まるの……『勝りたるもの』が」

　アリサはしばらく僕を見つめながら、両腕を伸ばして手を僕の肩に置いた。僕を引きとめるようにも、遠ざけるようにも思える仕草だった。その目には、言葉にならな

1　『ヘブライ人への手紙』一一章三九～四〇節。「この人たちはすべて、その信仰のゆえに神に認められながらも、約束されたものを手に入れませんでした。神は、わたしたちのために、更にまさったものを計画してくださったので、わたしたちを除いては、彼らは完全な状態に達しなかったのです」

い愛が満ちていた……。

菜園の戸が閉まり、その向こうで差し金が引かれる音が聞こえた瞬間、僕はひどく激しい絶望感に襲われ、戸に体をぶつけてくずおれてしまった。そして、長いこと、夜の闇のなかで、涙を流し、すすり泣いていた。

だが、あのときアリサを引きとめていたら、戸をこじ開けていたら、まさか追いだされはしないだろうから、家のなかに無理やり入っていたら、いや、だめだ、こうして後ろを振りかえり、過去を思いだしているいまだって……だめだ、僕にはとてもそんなことはできなかった。そして、僕のいまの気持ちが分からない人に、あのときを迎えるまでの僕の気持ちなど分かるはずがない。

数日後、耐えがたい不安に駆られて、僕はジュリエットに手紙を書いた。僕がフォングーズマールへ行ったことを知らせ、アリサの顔色が悪く、痩せていたことがひどく心配だと記した。アリサに気をつけてやってくれるように頼み、アリサ自身からはとても消息を教えてもらえそうにないから、ジュリエットから僕に様子を知らせてほしいと書いた。

それからひと月もしないうちに、僕は次のような手紙を受けとった。

親愛なるジェローム

今日はとても悲しいお知らせをしなければなりません。わたしたちのアリサが亡くなりました……。かわいそうに！　あなたが手紙に書いてきた心配が本当のことになってしまったのです。数か月前から、はっきりした病気というわけではなく、アリサは衰弱していきました。しかし、わたしのたっての願いを聞きいれて、ル・アーヴルのA先生の診察を受けることに同意してくれました。先生からは、わたし宛てに、心配は無用という手紙が届きました。ところが、あなたと会った三日後に、アリサは突然、フォングーズマールを出ていってしまったのです。ロベールからの手紙で、わたしはそのことを知りました。アリサはめったに手紙をくれないので、ロベールが知らせてくれなければ、わたしはアリサの家出について何も知らないままだったでしょう。アリサから手紙が来なくても、わたしはすぐに心配したりしなかったと思うので。アリサをひとりで出ていかせたこと、パリまで彼女に付いていってやらなかったことについて、わたしはロベールをひどく叱りました。信じられないことでしょうが、そのときから、わたしたちはアリサがどこにいるか分からなくなってしまったのです。わたしがどれほど心配したか、分かってくれるわね。アリサの顔を見ることはおろか、手紙を書くことだってできなかったのですから。ロベールは数日後にパリに行きましたが、なんの消息もつかむことができませんでした。ロベールがあんまりのんびりしているので、真面目にやる気がないのではないかと疑ったほどです。警察に知らせるほかありませんでした。こんなに苦しい不安を抱えたままではいられなかったのです。しかたなくエドワールがパリに出かけていき、さんざん苦労して、ついにアリサが運ばれた小さな病院をつきとめることができました。でも、なんてことでしょう！　手遅れだったのです。わたしは、アリサの死を知らせる病院の院長の手紙と、アリサに会うことさえできなかったというエドワールの電報を同時に受けとりました。最後の日、アリサはわたしたちに手紙を出してもらうため、一通の封筒の上にわたしたちの家の住所を書きました。そして、もう一通の別の封筒のなかに、ル・アーヴルの公証人に宛てて自分の遺志を記した手紙の写しを入れました。この手紙の一部にはあなたに関することが書かれていると思います。

近いうちにその内容をお知らせします。エドワールとロベールはおとといおこなわれた埋葬式に出席することができました。柩(ひつぎ)に付いていったのは、ふたりだけではありませんでした。同じ病院の幾人かの患者たちが葬儀に出て、遺体を墓地まで見送りたいと言ったのです。わたしはまもなく五人目の子供が生まれるので、残念ながら出かけてゆくことはできませんでした。

親愛なるジェローム、この喪の知らせがあなたにどれほど深い悲しみをもたらすかよく分かっています。でも、わたしだってはり裂けるような心でこれを書いているのです。わたしは二日前から床(とこ)に就かねばならなくなり、手紙を書くのも思うようにいきません。でも、たぶんわたしたちふたりだけが本当に知ることのできた人について語るのに、他人はもちろん、エドワールやロベールにも任せるわけにはいきませんから。いまやわたしはすっかり一家の年老いた母親といった存在になってしまいました。情熱に燃えた過去も分厚い灰に覆われてしまったので、いまならあなたにお会いしたいと言ってもいいですよね。いつか仕事か観光でニームの近くにいらっしゃることがあったら、ぜひエーグ゠ヴィーヴまで足を延ばしてください。エドワールもあなたに会えれば喜ぶと思います。わたしたちふたりでアリサのことを語りあいましょう。さよなら、懐かしいジェローム。悲しみをこめてあなたにキスを送ります。

数日経って、アリサがフォングーズマールの土地と屋敷をロベールに遺贈したこと、そして、アリサの部屋にあったすべての品と、彼女が指定したいくつかの家具はジュリエットに送ってほしいと望んだことを知った。近々僕は、アリサが封筒に入れて僕の名前宛てに封印した書類を受けとることになっていた。また、最後に会ったとき、僕が受けとるのを拒んだアメジストの小さな十字架は、アリサが自分の首にかけてくれと言い残し、その望みが叶えられたことをエドワールから知らされた。

公証人から送られてきた封印された封筒には、アリサの日記が入っていた。僕はここに、その多くのページを書き写すことにする。——注釈はつけない。僕がそれを読みながら胸に抱いたさまざまな思いと、いくら語っても足りない僕の心の動揺については、これを読む方がたが十分に想像してくださるだろうと思う。

アリサの日記

エーグ=ヴィーヴ

おととい ル・アーヴルを発(た)って、昨日ニームに到着。わたしの初めての旅! 家事や炊事の心配をすることはいっさいなく、そのせいですこし退屈な気持ちがするなか、一八八*年五月二三日、わたしの二五歳の誕生日に、この日記を始める——たいして面白いものではないが、わたしのお供にはなってくれるだろう。じっさい、この人生でたぶん初めて、わたしはひとりきりになった気がしている——いままでと異なった土地、ほとんど外国のような、まだよく知らない土地に来ているからだ。この土地がわたしに語ろうとすることは、たぶん、これまでノルマンディが語ってくれたこと、また、わたしがフォングーズマールで飽きることなく聞いてきたことと変わらないはずだ——だって、神さまはどこにいても変わらないから――でも、この南国の土地が話しかけてくる言葉は、わたしがまだ習ったことのないものだから、わたしはその言葉にいちいち驚きながら耳を傾けている。

五月二四日

ジュリエットはわたしのそばの長椅子でまどろんでいる――ここは戸外にむかって開かれた回廊で、こうした家の作りにはイタリア風の魅力がある。回廊は、外の庭園にむかって続く砂を敷きつめた中庭と同じ高さになっている……。ジュリエットは長椅子に座ったまま、起伏しながら池まで広がる芝生を眺めることができる。池には、さまざまな羽の色をした鴨の群れが遊び、二羽の白鳥が泳いでいる。この池にはどんな夏にも涸(か)れたことがないといわれる小川が流れこみ、小川は、遠くへ行くにつれて草ぼうぼうの茂みに変わる庭園を横切り、乾いた石ころ(ガリーグ)が原とぶどう畑に挟まれてだんだん細くなり、ついには完全に見えなくなる。

……昨日、わたしがジュリエットにつき添っているあいだ、父はエドワール・

テシエールの案内で、庭園や、農場や、酒蔵や、ぶどう畑を見物した——それでわたしは今朝、とても早くからひとりで初めて庭園を散策し、いろいろなものを観察することができた。たくさんの見知らぬ草木があって、その名前を知りたいと思った。昼食のときに名前を教えてもらおうと考えて、それぞれの草木の小枝を折りとっておいた。なかには、ジェロームがローマのヴィラ・ボルゲーゼ庭園やドーリア・パンフィーリ美術館で見たというセイヨウヒイラギガシもあった……わたしたちの知る北のカシの木の遠い親戚だというが——見た目はまるで似ていない。そこは庭園のほとんどいちばん端で、この木々に囲まれた小さな神秘的な空地がある。枝が垂れさがる木の下には、足の踏みごこちのよい芝生が広がっていて、ニンフの合唱を誘いだしそうだ。フォングーズマールにいたとき、わたしの自然にたいする感情はあれほど深くキリスト教的だったのに、ここに来てみると、いつのまにか神話的になっていて、そのことに驚き、怯え（おび）の気持ちさえ生まれてくる。しかし、わたしにだんだん迫ってくるこの恐怖のような感情は、やはり信仰から生まれるものなのだ。わたしはそっとこんな言葉を呟く（つぶや）く。hic nemus（ここに森がある）[1]。空気は澄みきっていて、不思議な静寂が満ちている。

オルペウスやアルミーダのことを考えていると、突然、すぐそばで、一羽の鳥のまたとなく美しい声が聞こえてきた。それが心に悲しく染みいり、あまりに清らかな響きだったので、わたしは、自然全体がこの鳥の歌を待っていたという唐突な思いに襲われた。心臓が激しく鼓動していた。しばらく木にもたれかかり、それから家に帰ったが、まだ誰も起きていなかった。

五月二六日

相変わらずジェロームから手紙が来ない。ル・アーヴルに送ったとしても、手紙はこちらに回送されてくるはずなのに……。不安を打ち明ける相手はこの日記しかない。昨日はレ・ボーまで観光に出かけたし、お祈りも欠かさないが、この三日間、ひとときも不安が晴れない。今日はほかに何も書くことがない。エーグ゠ヴィーヴに来て以来、ずっと奇妙な憂鬱さを感じているが、たぶんほかに原因はないはずだ――しかし、この憂鬱は心の奥深くにひそんでいるように思われるので、ずっと前からあったものなのだろう。以前は、誇らしく思えた喜びの感情がそれを覆いかくしていたのだ。

五月二七日

どうして自分の気持ちを自分に偽るのか？　わたしがジュリエットの幸福を喜んでいるのは、じつは理屈の上からにすぎない。この幸福を、わたしは自分の幸福を犠牲にしてまで強く望んだのに、それが苦もなく実現され、ジュリエットとわたしがそうあるべきだと思っていた幸福とはぜんぜん違ったものになるのを見

1　ウェルギリウス『牧歌』第一〇歌「ここに冷たい泉がある。柔らかい草原がある。リュコリスよ、ここに森がある。ここでなら君とともに一生を過ごせるだろう」

2　ギリシア神話における最高の詩人。彼の歌は獣や草木や山々まで魅了した。最愛の妻を失い、冥府から連れもどそうとするが、途中で妻の姿を見てはならぬという冥府の王の命令を破ったため永遠に妻を失う。その後も、死んだ妻以外の女を無視したため、怒った女たちに八つ裂きにされた。コクトーの『オルフェ』などこの神話には多くの翻案がある。

3　一六世紀イタリアの詩人タッソーの長篇詩『エルサレム解放』に登場するイスラム教徒の美しい魔女。敵である十字軍の英雄リナルドに恋をし、魔法を使って彼の心を奪うが、結局、リナルドを失う。この挿話は一七世紀フランスの音楽家リュリにより抒情悲劇『アルミード』として翻案されている。

て、わたしは苦しんでいる。なんて厄介なこと！　そうなのだ……ジュリエットがわたしの犠牲とは無関係に幸福を実現したこと――あの子が幸福になるのに私の犠牲を必要としなかったことで、わたしの自己中心的な気持ちが傷つき、それが恐ろしい反動を起こして苛立っているのがよく分かる。

そして、ジェロームの手紙が来ないことでどれほど深い不安が生まれるかを感じて、自分にこう問いかけている。わたしの犠牲は本当にわたしの心のなかで実行されたのか？　神がもはやわたしに犠牲を求めないことで、わたしは屈辱を受けるような気がしている。つまり、わたしには犠牲を果たす力がなかったということか？

五月二八日

自分の悲しみをこんなふうに分析するのは危険だ！　わたしの心には早くもこの日記への依存が生まれている。見栄を張る気持ちは捨てたつもりだが、それがまた力を得ているのだろうか？　だめだ。この日記を、魂が装いを整えるための自己満足用の鏡にしてはいけない！　最初、この日記を書くのは、ほかにすることがないからだと思っていた。しかし、そうではなくて、この日記を書いているのは悲しみのせいなのだ。悲しみというのは「罪の状態」だ。これまでわたしはそんな罪の状態を経験したことがなかったが、いまはそれを憎み、この魂から取りのぞき、魂を「単純」なものにしたいと思っている。この日記は、そうした幸福を自分のなかにとり戻すための助けにしなければならない。

悲しみとは心が錯綜(さくそう)した状態だ。自分の幸福に関しては、これまで一度も原因を分析しようなどとは思わなかったのだから。フォングーズマールにいたときも、わたしはひとりだった、いや、いまよりひとりぼっちだった……それなのになぜ、あのときは孤独だと感じなかったのだろう? そして、ジェロームがイタリアから手紙をくれたときも、あの人がわたしなしで世界を眺め、わたしなしで生きていることを受けいれて、心であの人のあとに付いていき、あの人の喜びを自分の喜びにしていた。ところがいまは、なぜかあの人をここに呼びもどそうとしている。あの人なしでは、自分の眺めるすべての新しい風景が鬱陶しく思われる……。

六月一〇日

この日記を始めたばかりなのに、長いこと中断していた。かわいいリーズが誕生し、ジュリエットのそばでずっと寝ずにつき添った。ジェロームに宛ててなら書けることでも、この日記に書くとなるとぜんぜん楽しくない。多くの女性に見られる「書きすぎ」という欠点をわたしはなんとか避けたいと思う。この日記を、自分を完全なものにするための道具だと考えること。

このあとには、読書したときのメモや、書き写した文章などが何ページも続いている……。それから、新たにフォングーズマールでの日記が始まる。

七月一六日

ジュリエットは幸福だ。自分でもそう言っているし、外からもそう見える。わたしには、それを疑う権利も、理由もない……。ではなぜ、いまあの子のそばにいると、わたしは不満足な気持ちや居心地の悪さを感じるのだろう？――おそらく、その幸福があまりにも実際的なもので、たやすく手に入り、まったく「型どおり」のものなので、それが魂を縛り、締めつけているように見えるのだ……。

そしていま、わたしは自分の望むものが幸福なのか、それとも幸福への歩みなのかを考えている。ああ、神さま！　あまりにたやすく到達できるような幸福を奪ってください！　幸福への歩みを遅らせ、あなたのもとに行くまで幸福を遠ざけておくすべを教えてください。

これに続く数多くのページが破りとられている。それはきっとル・アーヴルでの僕とのつらい再会を記した部分だろう。日記がふたたび始まるのは、ようやく翌年になってからだ。そのページに日付は書かれていないが、フォングーズマールに僕が滞在していたときに書かれたものであるのは明らかだ。

ときどき、あの人の言うことを聞いていると、自分の考えを目のあたりにしているような気がする。あの人はわたしの考えを説明し、わたし自身にわたしを教えてくれる。あの人なしでわたしは存在できるのだろうか？　あの人がいるからわたしもいる……。

わたしがあの人に感じているものが、みんなから愛と呼ばれるものと同じかどうか、分からなくなってしまう——それほど、普通に人が愛として描きだすものと、わたしのそれとはひどく異なっている。わたしが望むのは、愛などという言葉はいっさい口にせず、愛していると知らずにあの人を愛すること。とりわけ、あの人に知られずに、あの人を愛したい。

あの人なしで生きなければならないとしたら、わたしに喜びをあたえてくれるものは何もなくなってしまう。わたしが健全な魂の力を保とうとするのは、あの人を喜ばせたいという気持ちからだが、あの人のそばにいると、その魂の力が挫けてしまうのを感じる。

ピアノの練習が好きだったのは、毎日すこしずつ進歩できる気がするからだ。それはたぶん外国語で書かれた本を読むときの喜びの秘密も解きあかしてくれる。自分の国の言葉よりどこかほかの国の言葉のほうが好きだというのではないし、わたしの尊敬するフランスの作家が外国の作家に比べて劣ってみえるというわけでもない——しかし、意味や感情をたどるときに軽い困難を覚えながら、それに打ち勝ち、その技術がだんだん向上して、知らず知らずのうちに自分でも誇らしい思いを抱くことが、単なる知的な楽しみに魂の満足のようなものをつけ加えてくれるのだ。そして、わたしはその満足なしではいられない。

どんなに幸せなことでも、わたしは進歩のない状態を望まない。天上的な喜びとは神とひとつになることではなく、たえず、果てしなく、神に近づいていくことのなかにあると思う……言葉のあやだといわれるかもしれないが、わたしにとって「進歩的」でない喜びはとるに足らないものだ。


今朝、わたしたちは一緒に並木道のベンチに座っていた。何も話をしなかったし、する必要もなかった……。突然、あの人は、君は来世を信じているかと尋ねた。

「もちろんよ、ジェローム」と即座に叫んだ。「わたしにとって、それは望みなんかじゃない。確かなことよ……」

すると、急にこの叫びのなかにわたしの信仰のすべてが注ぎこまれてしまったような気がした。

「教えてくれるかい?」とあの人はつけ加え……しばらく黙りこんでから、言った。「信仰がなかったら、君のおこないはいまと違ったものになるのかな?」

「そんなことは分からないわ」と答えたが、こう言い添えた。「でも、あなただって、本当の信仰につき動かされたら、ほかのおこないはできなくなるわ。それは自分ではどうにもならないものなの。そういうふうにしか、あなたを愛することはできないの」

違う、ジェローム、違うのよ。わたしたちの魂が努力して求めるのは、将来の報酬なんかじゃない。わたしたちの愛が求めるのは、報いじゃないの。苦しみに報酬があるという考えは、気高い魂を傷つけるものよ。美徳は魂の飾りではなく、その美しさのかたちそのものなの。

お父さんの具合がまたよくない。大したことはないと思うが、この三日間、前と同じくミルクだけしか飲めなくなってしまった。

昨日の夜、ジェロームが部屋に上がってしまうと、お父さんはわたしと一緒にしばらく起きていたが、そのうちわたしをひとりで残して出ていった。わたしは長椅子に座って、というより——めったにないことだが——なぜか体を寝そべらせていた。ランプシェードのせいで、灯り(あか)は目と体の上のほうには届かなかった。わたしはなんとなく、ドレスからすこしはみ出し、ランプの灯りに照らされる足の爪先を見ていた。お父さんは戻ってくると、しばらくドアの前に立ったまま、微笑(ほほえ)んでいるような、悲しんでいるような、奇妙な表情でわたしの顔をじっと見つめていた。なんだか気まずくなって立ちあがると、お父さんは招くような仕草をした。

「ここへ来て私のそばへ座りなさい」と言ってから、もう夜も更けていたが、別れてから一度もしたことのなかったお母さんの話を始めた。どういう縁で結婚したか、どんなにお母さんを愛していたか、最初、お母さんが自分にとってどんな存在だったか、話をしてくれた。

「お父さん」とようやく口を挟んだ。「どうして今夜そんなお話をしてくれたの。話をしてくれた理由を教えてほしいの、今夜にかぎって……」

「さっき、この客間に帰ってきたとき、お前が長椅子に寝そべっているのを見て、一瞬、お母さんを見たような気がしたんだ」

この出来事をわざわざ書いたのは、同じ昨日の夕方……ジェロームがわたしの座っている肘掛椅子に寄りかかり、立ったまま体をかがめて、わたしの肩ごしに一緒に本を読んでいたからだ。ジェロームの顔は見えなかったけれど、彼の吐息と、体の温かい震えのようなものが感じられた。わたしは本を読みつづけているふりをしたが、もう何も頭に入らなかった。行と行の見分けもつかなかった。経験したことのない胸のときめきに襲われて、まだ立てるうちにと思って、急いで椅子から立ちあがらなければならなかった。幸いあの人に何も気づかれないうちに、しばらく部屋を出ることができた……。しかし、そのすこしあと、ひとりで、わたしがお父さんからお母さんにそっくりだといわれた客間の長椅子に横たわっていたとき、わたしが考えていたのは、まさにお母さんのことだった。

そんなわけで昨日の夜は、後悔とともによみがえる過去の思い出にとりつかれて、不安で、胸苦しく、惨めな気持ちになって、ほとんど眠れなかった。神さま、悪の姿を連想させるあらゆるものを憎む人間にしてください。

かわいそうなジェローム！　でも、あの人がほんのすこし体を動かしさえすればいいのだと知っていたら。そして、その動きをわたしが待ちのぞんでいることを知っていたら……。

子供のときから、わたしがきれいになりたいと思ったのは、ジェロームのためだった。いま思うと、「完全なものをめざしてきた」のも、つねにあの人のためだったような気がする。それなのに、その完全さはあの人から離れなければ実現できないものだとは。ああ、神さま、これこそあなたの教えのなかでいちばんわたしをとまどわせるものなのです。

悪を退ける力と愛とが溶けあっているような魂があったとしたら、どれほど幸せなことだろう！　ときどきわたしは、愛することこそが美徳なのではないかと疑ってしまう。できるかぎり愛すること、つねに前より愛することのほかに、美徳などあるのだろうか……。しかし、悲しいことだが愛を抑えこむことこそが美徳だと思われる日々もあるのだ。それなのに自分の心のいちばん自然な欲望の発露を美徳だと言いくるめるとは！　ああ、なんと素晴らしい詭弁（きべん）！　まことしやかな誘惑！　油断ならない幸福の幻影！

今朝、ラ・ブリュイエールのこんな一節を読んだ。

「人生にはときどき、禁じられてはいるものの、なんとか許してもらいたいと望むのが自然であるような、きわめて貴重な楽しみ、きわめて甘美な誘いがある。この強い魅力に勝てるのは、美徳の力でそれを諦めるという魅力だけである」[4]

こんな弁解をどうして思いついたのだろう？　愛の魅力よりももっと力強く、もっと甘美な魅力にひそかに引かれているからだというのか？　ああ！　わたしたちふたりの魂を一緒に、愛の力で、愛の彼方（かなた）へ導くことができたら！……

ああ！　もう分かりすぎるほど分かっているのだ。このわたしが神とあの人を隔てる障害なのだということを。あの人が言ったように、最初にあの人を神に近づけたものが愛だったとしても、いまはその愛のせいであの人が神に近づけなくなっている。あの人はわたしにこだわり、神よりわたしを大事に思い、わたしを偶像にした。そのせいで、健全な魂の力を保ったまま、さらに先へ進むことができなくなっている。わたしたちのどちらかが美徳を保ったまま先へ進まなければならない。しかし、わたしの卑怯な心は愛を諦めることができない。だから神さま、お願いです、あの人にもうわたしを愛さないようにと説得する力をあたえてください。そうすれば、わたしが正しいおこないを全うできなかったとしても、わたしよりはるかに好ましいあの人の正しいおこないを神さまに捧げることができるでしょう……そして、いまわたしの心があの人の愛を失うことを嘆き悲しんだとしても、そのあと、わたしは神さまのうちにあの人を見出すことになるのではないでしょうか……。

教えてください、神さま！　あの人の魂ほどあなたにふさわしいものがあるでしょうか？　あの人はわたしを愛するよりもっとすぐれたことのために生まれてきたのではありませんか？　あの人がわたしのところでとどまってしまったら、わたしはいまほどあの人を愛することができるでしょうか？　雄々しくありえたはずのものが、幸福のなかでどれほどつまらないものに萎縮してしまうことでしょう！……

4　『カラクテール』四章八五。関根秀雄訳の岩波文庫版には、この一節は性愛の快楽に関するラ・ブリュイエールの個人的表白であるとの訳注がある。

日曜日

「神は我らの為に勝りたるものを備へ給ひし故に」

五月三日、月曜日

幸福がすぐそばにあって、差しだされているとしたら……手を伸ばして、摑(つか)みさえすればいい……。

今朝、あの人と話をして、わたしは犠牲のおこないをなしとげた。

月曜日　夜

明日、あの人は発つ……。

親愛なるジェローム、わたしは前と変わらずかぎりない愛情であなたを愛しています。でも、もうそれをあなたに告げることができません。この目と唇と魂に強(し)いている沈黙が耐えがたいので、あなたと別れることは、むしろ解放であり、苦い満足をもたらしてくれるのです。

わたしは理性をもって行動しようと努めている。だが、いざ行動するとなると、わたしを動かしていた理性の働きが消えてしまう。あるいは、働きかたが狂ってしまったように思える。わたしはもう自分の理性を信じることができない……。わたしをあの人から逃げさせる理性の働き？　そんなものは信じられない……。それなのに、わたしは悲しみを抱きながら、あの人から逃げている。なぜ逃げるのかも分からずに。

神さま！　わたしたち、ジェロームとわたしは、ふたり一緒に、力を合わせて、あなたのほうへ進みたいと思います。人生の道をたどるふたりの巡礼のように、片方が「疲れたら、わたしに寄りかかって」と言えば、もう片方が「君のそばにいると感じるだけで十分だ……」と答えるようにして進んでいきたい。でも、だめなのです！　神さま、あなたが教えてくれた道は狭い――ふたり一緒には歩けないほど狭いのです。

七月四日

もう六週間以上もこの日記を開かなかった。先月、その何ページかを読みかえしたとき、うまく書こうという、ばかげた、罪深い心づかいがそこに見えたからだ……そして、それは「あの人」のせいだ……。

あの人なしで生きていく支えにしようと思って始めたこの日記のなかで、わたしはまるで「あの人」への手紙を書きつづけているようだった。

わたしは「うまく書けている」と思うすべてのページを破りすてた（「うまく書けている」というのがどんな意味か、わたしは承知している）。あの人のことを書いているすべてのページを破りすてるべきだったろう。いや、全部破りすてるべきだった……。でも、できなかった。

そして、何ページかを引き裂いたことにさえ、いくらかうぬぼれの気持ちを感じた……わたしの心が病んでいなければ、笑いとばしてすむようなうぬぼれだが。しかし、じっさい、わたしは手柄を立てたような気分になり、打ち破ったのが大した敵であるかのように思っていた！

七月六日

書棚から本を追放しなければならなかった……。

あの人から逃げるため、わたしは本を読み、本から本へと移っていくが、そのたびにあの人の影を見出すのだ。あの人と無関係に開くページにさえ、それを読んでくれるあの人の声が聞こえる。あの人の興味を引くものにしか心が動かないし、わたしの考えはあの人の考えと同じかたちをとって、ふたりの考えはもはや区別することができなくなってしまう。これでは、あの人と自分の考えをごちゃ混ぜにして喜んでいたむかしと変わらない。

あの人の文章のリズムから離れようとして、私はときどき下手に書こうと努力する。だが、あの人に逆らうことは、さらにあの人が気になるということなのだ。しばらくのあいだ聖書（とたぶん『キリストにならいて』）だけを読み、毎日、この日記には、読んで大事だと思った章句しか書かないことに決めた。

このあと「日々の糧」といった感じの文章が続き、そこには、七月一日からの毎日の日付のあとに、ひとつずつさまざまな章句が記されていた。ここに書き写すのは、それに何らかの注記が添えられたものだけだ。

七月二〇日

「汝(なんじ)の有(も)てる物をことごとく売りて、貧しき者に分ち与へよ」[5]ジェロームのためだけに取ってあるこの心を貧しい人々にあたえなければならないことは分かっている。そして、それは同時に、あの人にもそうしなさいと教えることではないだろうか?……神さま、その勇気をあたえてください。

『内なる慰め』を読むのはやめた。この本の古い言葉はとても面白いが、むしろ気晴らしになってしまい、そこで味わうほとんど異教的な喜びは、わたしが求めようとしていた信仰の強化とはなんの関係もないからだ。

『キリストにならいて』をふたたび読みはじめた。ただし、読んでも理解が難しいラテン語の原文ではない。いまわたしが読んでいる翻訳には訳者の名前がないのがうれしい――プロテスタントのものだが、「あらゆるキリスト教宗派に適する」と表題に書いてある。

「ああ！　美徳のなかを進むことによって、どれほどの安らぎを得ることができ、どれほどの喜びを他人にもあたえることができるか分かったら、いっそうの心をこめて、美徳の道に精進することができると保証しよう」[6]

八月一〇日

神さま、わたしが神を信じる子供のように感情をほとばしらせ、人間を超える天使たちのような声で、あなたにお願いしたとしたら……。

この望みはジェロームとは関係ありません。すべてあなたから教えられたことなのです。

八月一四日

それなのに、なぜ、あなたとわたしのあいだに、いつでもあの人の面影をさし挟まれるのですか？

5　『ルカによる福音書』一八章二二節。「持っている物をすべて売り払い、貧しい人々に分けてやりなさい」

6　『キリストにならいて』一巻一一章。

この仕事をなしとげるのに、あとふた月あまりしかない……ああ、神さま、助けて！

八月二〇日

わたしにははっきりと分かる。この悲しみのせいでよく分かる。まだわたしの心のなかで犠牲のおこないはなしとげられていなかったのだ。神さま、あの人だけが教えてくれたあの喜びを、あなただけがわたしにあたえてください。

八月二八日

なんと惨めな、悲しい美徳にたどり着いたことだろう！　わたしは自分に高望みをしすぎるのか？——こんなことでもう苦しみたくない。

いつも神に力を借りるのはなんとも卑怯なことだ！　いまや、わたしの祈りはすべて嘆きでしかない。

八月二九日

「野の百合を見よ……[7]」

このあまりにも単純な言葉が、今朝、わたしを悲しみに沈め、何をしてもその悲しみを忘れることができなかった。わたしは野へ出て、たえず口をついて出てくるこの言葉をくり返し、目にも心にも涙があふれた。広く荒涼とした野原を眺めても、農夫が腰をかがめて鋤(すき)をふるっているばかり……。「野の百合……」。でも、神さま、百合はどこにあるのでしょうか?……

九月一六日、午後一〇時

あの人に再会した。同じ屋根の下にいる。あの人の部屋の窓から、灯りが芝生に落ちている。わたしがこの何行かを書いているとき、あの人も起きている。もしかしたら、わたしのことを思っているのかもしれない。あの人は変わっていな

7 『マタイによる福音書』六章二八～二九節。「野の花がどのように育つのか、注意して見なさい。働きもせず、紡ぎもしない。しかし、言っておく。栄華を極めたソロモンでさえ、この花の一つほどにも着飾ってはいなかった」

かった。自分でもそう言っていたし、わたしもそう感じる。あの人に愛されなくなるように、わたしは自分がどうあるべきかを決めた。そんな姿をあの人に見せることができるだろうか？……

九月二四日

ああ！　なんと残酷な会話。心のなかでは恍惚(こうこつ)に身もだえしながら、無関心と冷淡を装うことができたとは……。今日まで、わたしはあの人を避けていればいいと思ってきた。しかし今朝は、神が勝利の力をあたえてくれるはずだし、戦いを避けてばかりいるのは卑怯だと考えた。わたしは戦いに勝ったのだろうか？ジェロームは前と比べてすこしでもわたしを愛さなくなっただろうか？……ああ！　悲しいことに、それはわたしが望むと同時に恐れていることだ……。わたしはいまほどあの人を愛したことがない。

神さま、あの人をわたしから救うため、わたしが消えなければならないとしたら、どうかそのようにしてください！……

「わたしの心と魂に入り、わたしの苦しみを背負い、わたしのなかで、あなたに残された『受難』の苦しみに耐えつづけてください」[8]

わたしたちはパスカルの話をした……わたしはどうしてあんなことを言えたのか？　なんと恥ずかしい、ばかげた言葉だろう！　わたしはその言葉を口にしながらすでに心で恥じていたが、今夜になって、神を冒瀆(ぼうとく)したかのように後悔している。ずっしりと重い『パンセ』を手に取ると、ひとりでに本が開き、パスカルがロアネーズ嬢[9]に宛てた手紙のこんな一節が現われた。

「みずから望んで引きずられるままになっているとき、人は絆を感じません。しかし、絆に逆らい、遠ざかろうとしてはじめて、ひどい苦しみを知るのです」

この言葉が心にじかに突きささり、先を読みつづける力をなくしてしまった。しかし、この本のほかの場所を開くと、わたしの知らなかった素晴らしい文章が

8　パスカル「病気の善用を神に求める祈り」一五節。
9　シャルロット・ド・ロアネーズ。パスカルの友人ロアネーズ公爵の妹で、パスカルの恋人だったとされる。

見つかったので、すぐ前のところにそれを書き写しておいた。

ここで日記の一冊目が終わっている。これに続く二冊目は破棄されたにちがいない。なぜなら、アリサの残した文書類のうち、次の日記は三年後にようやく始まるからだ。三冊目は、やはりフォングーズマールで――九月に――始まるが、それはつまり、僕たちが最後に会ったときの直前ということだ。最後の日記はこんな言葉で始まっている。

九月一七日

神さま、あなたを愛するためには、あの人が必要なことをご存じですね。

九月二〇日

神さま、あなたにわたしの心を捧げるため、あの人をわたしにあたえてください。

神さま、せめてもう一度、あの人に会わせて。

神さま、この心を捧げると約束します。ですから、わたしの愛の願いを聞きとどけてください。わたしの残りの命をあなただけに捧げますから……。

神さま、こんな愚かな祈りを許してください。でも、この口からあの人の名前を遠ざけることができず、心の苦しみからかたときも逃れられないのです。

神さま、お願い。わたしを悲しみのなかで見捨てないで。

九月二一日

「汝らが我が名によりて願ふことは[10]……」

神さま！　あなたの名によって願うことなど、どうしてできるでしょう……。でも、わたしが祈りを言葉にしなくても、この心の常軌を逸した望みはお見とおしですね？

10 『ヨハネによる福音書』一四章一三節。「わたし［キリスト］の名によって願うことは、何でもかなえてあげよう」

九月二七日

今朝から心はすっかり落ち着いている。昨夜は、ほとんど一晩じゅう、瞑想と祈りにふけっていた。すると、子供のころ聖霊について想像していたのと同じような、光り輝く平穏さが、突然、わたしをとり巻き、わたしのなかに降りてきたように思われた。この喜びが単なる神経の興奮にすぎないことを恐れて、わたしはすぐにベッドに入った。そして、この至福が消えないうちに、まもなく寝入ってしまった。今朝も、その至福は完全なままここに残っている。わたしはいま、あの人が来ると確信している。

九月三〇日

ジェローム！　愛する人、あなたをまだ兄弟と呼んでいるけれど、兄弟よりもかぎりなく愛している……。あのブナの林で、何度あなたの名前を大きな声で呼んだことだろう！……毎晩、日の暮れるころになると、菜園の小さな戸口を出て、もう暗くなった並木道を歩いていく……。いきなりあなたの返事が聞こえ、さっきわたしが急いで見まわした石ころだらけの土手の向こうからあなたの姿が現れたとしても、あるいは、あなたがベンチに座ってわたしを待っているのが遠くから見えたとしても、きっとわたしの胸はどきりともしないだろう……むしろ、あなたの姿が見えないほうが不思議なのだ。

一〇月一日

まだ何も現れない。太陽はこの上なく澄みきった空に沈んでいった。わたしは待っている。まもなく、わたしはこの同じベンチにあの人と座ることが分かっている……。もうあの人の声が聞こえている。あの人の口からわたしの名前を聞きたくてたまらない……。ここにやって来るのだ！　あの人の手にわたしの手をあずけよう。わたしの顔をあの人の肩にうずめよう。あの人のそばで息をするのだ。昨日も、あの人の手紙を読みかえそうと思って、ここに何通か持ってきた。だが、あの人のことを思うばかりで、手紙は見もしなかった。いつかの夏、あの人にいてほしいと思うあいだ、わたしは毎晩アメジストの十字架を着けていたが、あの人の好きな十字架もここに持ってきている。

あの人にこの十字架を渡したいと思うからだ。ずいぶん前からわたしはこんな夢を抱いている。あの人が結婚したら、わたしは初めて生まれる娘の名づけ親になって、その赤ちゃんにアリサという名前を授け、この十字架を贈るのだ……。なぜその夢をあの人に打ち明けられなかったのだろう?

一〇月二日

今日、わたしの心は、空に巣を作った小鳥のように軽く、明るい。今日こそ、あの人はやって来るにちがいない。そう感じる。分かっている。みんなにそのことを大声で叫びたい。ここにも書いておく必要がある。もう喜びを隠すことはできない。普段はあんなにぼんやりして、わたしのことなど無関心なロベールまでが気づいたのだ。何かあったのかと聞かれてうろたえてしまい、なんと答えていいか分からなかった。これから夕方まで、どうやって待てばいいのか?……

何か透明な帯のようなものがわたしをとり巻き、その帯をとおしてどこを見ても、あの人の姿が大きく浮かびあがる。そして、愛の光がわたしの心の燃えあがる一点に集まってくる。

ああ、待つのはなんと疲れることだろう!……

神さま！　わたしの前に幸福の大きな扉を、わずかのあいだ、すこしだけ開けておいてください。

一〇月三日

すべては消えた。ああ！　あの人は影のようにわたしの腕から逃げていった。あの人はいた！　そこにいたのだ！　いまでもあの人がいるのを感じる。わたしはあの人に呼びかける。わたしの手は、唇は、夜の闇のなかに、空(むな)しくあの人を求める……。

祈ることも、眠ることもできない。暗い庭にふたたび出た。部屋にいても、家のどこにいても、恐ろしい。悲しみのあまり菜園の戸口まで行った。その戸口の向こうにわたしはあの人を置きざりにしたのだ。狂った望みを抱いて、その戸口を開けた。あの人が戻ってくれていたら！　わたしは呼んだ。闇のなかを手探りした。そして、あの人に手紙を書くために家に帰った。わたしはこの喪失の悲しみを受けいれることができない。

いったい何が起こったのか？　わたしはあの人に何を言ったのだろう？　何をしたのだろう？　なぜ、あの人の前で、相変わらずわたしの美徳のことを大げさに言いたてる必要があったのか？　わたし自身が心の底で認めていない美徳になんの価値があるというのか？　わたしは、神がわたしの口から言わせようとした言葉にひそかに背いていた……。この心にあふれるものは、何も口から出てこなかった。ジェローム！　苦しんでいるわたしの恋人、ジェローム。あなたのそばにいると、わたしの心ははり裂け、あなたから離れると、わたしは生きていられない。さっきあなたに言ったことのうち、愛を語る言葉のほかは、何もかも忘れてほしい。

手紙を破った。また、書いた……。夜明けだ。涙に濡れた、灰色の、わたしの心と同じように悲しい夜明け……。農園から一日の仕事を始める音が聞こえ、それまで眠っていたすべてのものが息を吹きかえす……。「起(た)て。時きたれり」[11]

手紙は出さないことにする。

一〇月五日

わたしからすべてを取りあげた嫉妬深い神さま、[12] それならわたしの心も奪ってください。これからはあらゆる熱情がこの心から離れ、何ひとつ気持ちを動かすものもなくなるでしょう。ですから、この哀れなわたし自身の残骸を乗りこえる助けになってください。この家も、この庭も、耐えがたいほどわたしの愛をかき立てます。わたしはもうあなたしか目に入らない場所に逃げていきたいと思います。

わたしのもっている財産はすべて、あなたの貧しい人々に分けあたえようと思

11　『マルコによる福音書』一四章四一～四二節。「時が来た。人の子は罪人たちの手に引き渡される。立て、行こう。見よ、わたし［キリスト］を裏切る者が来た」

12　『出エジプト記』三四章一四節。「汝は他の神を拝むべからず其はヱホバはその名を嫉妬と言ひて嫉妬神なればなり」。新共同訳では本書の言及と意味がずれるので、ここでは文語訳を引用する。

います。どうかお助けください。ただ、フォングーズマールだけは簡単に売ることができないので、ロベールに遺すことをお許しください。いちおう遺言は書いたものの、必要な書式をほとんど知らないし、公証人がわたしの下した決定に気づいて、ジュリエットとロベールに警告するといけないと思い、昨日は公証人とも十分な話しあいができなかった……。遺言はパリに行ってから完全なものにするつもり。

一〇月一〇日

ここに着いたときは疲れはてて、最初の二日間は寝ていなければならなかった。医者を呼ぶ必要はないと言ったが、やって来た医者は手術をする必要があると診断した。反対しても仕方がない。だが、わたしが、手術が怖いので「体力を回復する」まで待ちたいと言うと、簡単に納得してもらえた。

名前も住所も言わなかった。それでも問題が生じないように、病院の事務局に十分なお金を渡したので、入院させてもらうことができた。神が必要だと判断するあいだだけはここに置いてもらえるだろう。

病室は気に入っている。部屋の飾りとしては完全な清潔さだけで十分だ。ほとんど明るい気持ちになっていることにわれながら驚いた。もうこの人生に思い残すことは何もないからだろう。いまは神だけで満足すべきだし、神が心のすべてを占めるとき、ついに神の愛はこの上なく甘美なものになるということなのだ……。

聖書のほかに本は持ってこなかった。だが今日は、聖書に書かれた言葉以上に、パスカルのあの狂おしいすすり泣きがわたしの心に響きわたる。

「神ならぬものは、いかなるものも私の期待を満たすことはできないのです[13]」

ああ、軽率なわたしの心は、あまりにも人間的な喜びを期待していた……。神さま！　あなたがわたしを絶望の淵に沈めたのは、この叫びを引きだすためだったのでしょうか？

13　パスカル「病気の善用を神に求める祈り」四節。

一〇月一二日

神の国が来ますように！　わたしの心に来ますように！　神さまだけがわたしの心に力をふるって、わたしのすべてを支配してくれますように。わたしの心をもはや惜しみなくあなたに捧げます。

ひどく年をとった気がするほど疲れているが、心には不思議な子供らしさが残っている。いまもわたしは幼い娘のころと変わらず、部屋のすべてが整頓され、脱いだ服が枕もとできちんと畳まれていないと眠れない子供だ……。

そんなふうに死ぬ準備をしたい。

一〇月一三日

破棄する前に日記を読みなおした。「心の悩みを言いたてるのは、気高い人にふさわしくないおこないだ」この美しい言葉は、たしかクロティルド・ド・ヴォー[14]のものだ。

日記を火のなかに放りこもうとした瞬間、警告のようなものを感じて手を止めた。この日記はもうわたしのものではなく、これをジェロームから奪う権利はないと思われた。これをジェロームのためだけに書いてきたという気がしたのだ。今日になってみると、わたしが抱いた不安や疑いはまったく根拠がなく、そんなことを大げさに問題にしたり、日記を読んでジェロームが心を乱されると考えたりする必要はないと思えてきた。神さま、あの人がこの日記のなかに、わたしの心からの願いが発するつたない口調を聞きとってくれるよう導いてください。わたしは美徳の頂（いただき）に達することをもう諦めましたが、あの人には頂をめざしてほしいと狂おしいほどに望んでいるからです。

「あゝ神よ、なんぢ我をみちびきてわが及びがたきほどの高き磐（いわ）にのぼらせたまへ[15]」

14 哲学者コントの恋人で、コントの宗教理論に影響をあたえた。

15 『詩編』六一編二～三節。「神よ、わたしの叫びを聞き／わたしの祈りに耳を傾けてください。／心が挫けるとき／地の果てからあなたを呼びます。／高くそびえる岩山の上に／わたしを導いてください」

一〇月一五日

「歓喜、歓喜、歓喜、歓喜の涙[16]……」

そう、わたしはこの光り輝く喜びを、人間の喜びよりも高いところに、また、あらゆる苦しみを超えたところに感じている。わたしが到達できなかった岩山の名前を知っている。それは幸福だ……。この幸福に到達することをめざすのでなければ、わたしの全生涯が空しいことも分かっている……。でも神さま！　一度はその幸福を約束してくれましたね、この何もかも諦めた純真な魂に。「**今よりのち**、幸福（さいわい）なり」とあなたの聖なる言葉が語っています、「今よりのち主にありて死ぬる死人は幸福（さいわい）なり[17]」と。わたしは死のときまで待たなければならないのでしょうか？　ここでわたしの信仰は揺らぐのです。神さま！　わたしは力のかぎり、あなたにむかって叫んでいます。わたしは闇のなかにいて、夜明けを待っています。死ぬまであなたに叫びます。どうかわたしの心の渇きを癒（いや）しに来てください。わたしは早くもその幸福への渇きを覚えるのです……。それとも、もう幸福を得られたと思うべきなのでしょうか？　夜明けを前にして、陽光の到来を告げるというより、日の光を待ちこがれ、太陽に呼びかけるあの鳥のように、わたしも夜が白むのを見ずに歌いはじめなければならないのでしょうか？

ジェローム、わたしはあなたに完全な喜びを教えてあげたい。

一〇月一六日

今朝、発作的な嘔吐(おうと)に襲われた。その直後、ひどく衰弱したと感じたので、一瞬、このまま死んでいけると思った。だが、だめだった。初めは体じゅうに大きな静けさが広がったが、その後、不安に襲われ、体と心におののきが満ちた。それはまるで、わたしの人生がいきなり、幻滅そのものであると「解明」されたかのようだった。わたしは初めて、この病室の壁がむごく剝(む)きだしになったのを見

16　パスカルの『メモリアル』のなかの言葉。『メモリアル（覚え書）』はパスカルの死後、衣服に縫いこまれていることが発見された紙片の表題で、三一歳のときのキリスト教への決定的回心の経験を記している。

17　『ヨハネの黙示録』一四章一三節。「また、わたし［ヨハネ］は天からこう告げる声を聞いた。『書き記せ。「今から後、主に結ばれて死ぬ人は幸いである」と』」

たように思い、恐ろしくなった。いまこれを書いているのも、自分を安心させ、気を落ち着かせるためだ。ああ、神さま！　あなたを冒瀆することなく、最後までたどり着きたい。

まだ立ちあがることができた。わたしは子供のようにひざまずいた……。

いますぐ、死んでしまいたい、またしてもひとりぼっちで残されたと気づかないうちに。

去年、ジュリエットと再会した。僕にアリサの死を知らせるジュリエットの最後の手紙が届いてから、もう一〇年以上も経っていた。プロヴァンス地方へ行く機会があったので、ニームに寄ったのだ。テシエール一家は、市の中心部にある繁華なフシェール大通りの、かなり立派な外見の屋敷に住んでいた。手紙を書いて訪問することはすでに伝えてあったが、屋敷の門をくぐったときには、何か胸にこみあげてくるものがあった。

家政婦が来て客間に通され、そこですこし待つと、ジュリエットが迎えに出てきた。最初はプランティエの伯母かと思った。それほど、同じ物腰、同じ体つきで、同じようにせわしなく愛想を振りまくのだ。すぐに、僕の職業、パリの住まい、目下の仕事、交友関係について質問攻めにしたが、べつに答えを期待しているわけではなく、南仏にはなんの用で来たのか？　なぜエーグ＝ヴィーヴまで足を延ばさないのか？　行けばエドワールがさぞかし喜ぶだろうに……などと続けた。それから家族全員の消息に触れ、夫のこと、子供たちのこと、弟のこと、また、最近のぶどうの収穫や商売がかんばしくないことについて話をした……。ロベールがフォングーズマールを売りはらったことも教えられた。ロベールはエーグ＝ヴィーヴに引っ越してきて、いまはエドワールの仕事を手伝っていた。それでエドワールは旅行に飛びまわって、事業の経営のほうに専念することができ、ロベールはぶどう園に残って、品種の改良やぶどう畑の拡大に力を入れているとのことだった。

その間、僕は不安な気持ちで、過去を思いださせるものを目で探していた。客間の新しい家具のあいだに、確かにフォングーズマールにあったものが見つかった。だがジュリエットは、いまも僕の心のなかで震えているこの過去をもう忘れているかのようだった。それとも、僕たちふたりの心を過去からひき離そうとしていたのかもしれない。

一二歳と一三歳になるふたりの息子が階段で遊んでいた。ジュリエットはふたりを呼び、僕に紹介した。彼らの姉にあたるリーズは、父親と一緒にエーグ＝ヴィーヴに行っていた。もうひとりの一〇歳の男の子はまもなく散歩から帰ってくるという。アリサの死を伝える手紙のなかでジュリエットが近々出産すると言っていたのが、この男の子だった。[1]この子は難産で、ジュリエットは産後長いこと苦しんだ。しかし、思いなおしたように、去年、もうひとり女の子を産んだ。ジュリエットの口ぶりでは、ほかの子供たちよりその女の子のほうがかわいいらしい。

「わたしの部屋で寝ているんだけど、すぐ隣だから見にいらっしゃいよ」僕が付いていくと、ジュリエットはこう続けた。「ジェローム、手紙では書きにくかったんだけれど……この子の名づけ親になってくれない？」

「君の望みなら、もちろん喜んでそうするよ」すこし驚きながら僕は答え、揺りかごのなかを覗きこんだ。「名前は何にしようかな？」

「アリサ……」とジュリエットは呟いた。「ちょっと似てると思わない？」

僕は返事の代わりにジュリエットの手を握った。小さなアリサは母親に抱きあげら

1 この子はここではジュリエットの四人目の子供となっているが、第Ⅷ章末尾のジュリエットの手紙では五人目の子供とされていた。ジッドはこの不一致を見逃したらしい。

れて、目を開いた。僕はアリサを抱いた。

「いいお父さんになれるわよ！」ジュリエットは微笑もうとした。「いつになったら結婚するの？」

「いろいろなことが忘れられたらね」――するとジュリエットは顔を赤らめた。

「すぐに忘れられると思う？」

「いつまでも忘れたくないんだ」

「こっちへ来て」と急にジュリエットは言った。そして、僕を案内して、もっと狭い、もう暗くなった部屋に入っていった。一方の扉はジュリエットの部屋に通じ、もう一方の扉は客間に通じている。「ちょっと時間ができると、ここに逃げてくるの。この家でいちばん静かな部屋だから。ここにいると、なんだか人生の苦しみから守ってもらえるような気がするのよ」

この小さな部屋の窓は、ほかの部屋の窓のように騒がしい市街には面しておらず、木の植わった屋根つきの中庭のような場所にむかって開いていていた。

「座りましょう」そう言うとジュリエットは安楽椅子に体を投げだした。「さっきのあなたの言葉だけれど、アリサの思い出に忠実でいたいということね」

僕はしばらく返事をしなかった。

「というより、アリサが思っていた僕の姿に忠実でいたいのかな……いや、つまらないことだよ。どうしようもないんだ。ほかの女性と結婚したって、愛しているふりしかできないだろうからね」

「そう！」ジュリエットは関心もなさげに言って、顔をそむけ、何かなくしたものでも探すように下を向いた。「それじゃあ、あなたは希望のない愛を、そんなにいつまでも心のなかに取っておけると思うの？」

「思うよ、ジュリエット」

「それで、人生の風が毎日毎日吹いてきても、愛の火は消えないというのね？……」

夕闇が灰色の潮のようにせり上がってきて、部屋にあるものひとつひとつに迫り、次々に呑みこんでいった。それらは部屋の影のなかでよみがえり、低い声で過去のことを物語るかのようだった。アリサの部屋が思いだされた。ジュリエットはその家具をすっかりここに集めていた。いまジュリエットはふたたび僕のほうに顔を向けている。もうその表情は見分けられず、彼女の目が閉じているのかどうかも分からなかった。ジュリエットはとても美しく見えた。そして、僕たちはふたりとも、じっと黙ったままだった。

「さあ！」とジュリエットが最後に言った。「もう目を覚まさなくては……」

ジュリエットが立ちあがるのが見えた。だが、一歩進むと、力尽きたようにそばの椅子に倒れこんだ。顔に手を当て、泣いているらしかった……。

ランプを持って、家政婦が入ってきた。

解説

中条　省平

『狭き門』は、愛と信仰の相剋を描く、世界文学史上屈指の美しく悲痛なラヴ・ストーリーですが、作者であるアンドレ・ジッドの前半生の経験を大きく反映しています。この小説を理解するためにはジッドの人生について知ることが必要だと思いますので、この解説もジッドの生涯の説明から始めます。

アンドレ・ジッドは、一八六九年一一月二二日、パリのメディシス通りにあるアパルトマン（現代日本でいうマンション）で、ポール・ジッドと妻ジュリエットの一人息子として生まれました。このアパルトマンは、セーヌ川左岸の中心部を占める広大なリュクサンブール公園にじかに面した住まいで、ジッドは自伝『一粒の麦もし死なずば』に人生最初の思い出として、この住居のバルコニーから、父親の切りぬいてくれた紙の龍を飛ばし、それが風に乗ってリュクサンブール公園のマロニエの高い枝まで運ばれたという記憶を披露しています。

父親のポールは息子アンドレが生まれたとき三七歳で、パリ大学法学部の教授、ローマ法の専門家でした。学問に熱心な研究者で息子の相手をすることは稀でしたが、バルコニーから一緒に飛ばした紙の龍の記憶が物語るとおり、息子にはやさしく接する人間的にすぐれた父親でした。

いっぽう、母親のジュリエットはアンドレを生んだとき三四歳でした。ノルマンディのルーアンに暮らす富豪の娘で、彼女の父親エドワール・ロンドーは紡績業で成功した実業家でした。ジュリエットも、夫のポールと同じくプロテスタントの信仰をもつ家庭の出身でしたが、彼女はとくに厳格な信仰と道徳観をもつ人物で、息子に非常に厳しい戒律を課しました。『狭き門』の第Ⅱ章の初めに、主人公ジェロームの両親がピューリタン的な規律で息子の欲望を抑えこんだという記述が出てきますが、これはジッド自身の母の行動と一致するものです。

しかし、アンドレ・ジッドには生来、欲望（とくに性的な欲望）に強く引かれる傾向があって、このことは自伝『一粒の麦もし死なずば』の冒頭に語られる有名な幼年期の自慰の挿話に表れています。じっさい、パリのアルザス学院に通っていた七歳のときにも教室で「悪習」に耽っているところを先生に見つかってしまい、三か月の停学処分に付されています。ともあれ、欲望に否応なく引かれる資質と、その欲望を禁圧すべきだと考えるピューリタン的な道徳との葛藤は、ジッドの初期の文学に深く刻印される特徴であり、『狭き門』にもその葛藤のドラマは投影されています。『狭き門』の始まりに主人公が子供のころ父親を失ったことが書かれていますが、それとほぼ同様に、ジッドは一八八〇年、一一歳になる直前に父親ポールを亡くします。死因は結核でした。その後、母ジュリエットは、夫ポールの弟シャルルが南仏のモンペリエ大学に経済学の教授として赴任したのを機に、自分も息子を連れてモンペリエに移り住み、息子をこの町の中学に通わせます。ここでジッドは同級生の苛酷ないじめに遭い、ひどくつらい日々を過ごすことになります。

父親の死の痛手が癒えず、それに級友のいじめが加わったこの地獄のような時期、ジッドの救いになったのは、母方の従姉マドレーヌの存在でした。このマドレーヌが『狭き門』のヒロイン、アリサのモデルとなる女性です。

ジッドの母方の祖父エドワール・ロンドーには三人の息子と二人の娘があり、息子は上から順にシャルルとアンリとエミール、娘はジッドの母ジュリエットと、ジュリエットより一三歳年上の姉クレールでした。このクレールが『狭き門』に登場するフェリシー・プランティエ伯母さんのモデルになります。

また、ジッドの母ジュリエットより四歳年上の兄エミールは『狭き門』のビュコラン伯父のモデルで、エミールの妻マチルドがリュシル・ビュコランのモデルです。リュシルの起こした不貞と出奔の事件が、『狭き門』で主人公ジェロームとアリサを結びつける決定的なきっかけになりますが、この事件も実在のマチルドが起こしたスキャンダルを写しています。

ジッドの伯父エミールとマチルドのあいだには三人の娘と二人の息子がいて、アリサのモデルとなった長女マドレーヌ・ロンドーは最年長の子供で、『狭き門』のアリサと主人公の年齢関係と同じく、アンドレ・ジッドより二歳年上でした。次女のジャンヌ・ロンドーはマドレーヌより一歳年下で、『狭き門』ではアリサの妹ジュリエットのモデルとなります。また、長男のエドワールはジッドより二歳年下で、『狭き門』ではアリサの弟ロベールとして造形されています。

ジッドはルーアンに住むエミール・ロンドーの一家と親しく接し、とくに最初は従姉（ジッドより一歳年上）のジャンヌと仲良く遊んだのですが、内心引かれていたのはジャンヌの姉のマドレーヌでした。

一八八二年、ジッドが一三歳になってまもなく、彼はルーアンのエミール伯父の家を訪問し、マドレーヌの母マチルドの不貞に気づきます。このときのショックは自伝『一粒の麦もし死なずば』にも報告されていますが、『狭き門』では緊張感に満ちた脚色がなされて、この小説の最初の劇的クライマックスを形成しています。母親の不貞と父親の不幸に苦しむ可憐なマドレーヌを守りたいという真情が、ジッドの彼女への愛に拍車をかけることになったのです。

こうしてジッドとマドレーヌは急速に接近し、ロンドー家の本宅のあるノルマンディのキュヴェルヴィル（『狭き門』ではフォングーズマールと呼ばれる）で一緒に好きな本を読んだり、頻繁な文通をおこなうようになります。しかし、この恋愛関係はジッドの放浪癖やマドレーヌの慎重な性格のせいもあって、波乱含みのまま、今後一〇年以上にもわたって不安定に続くことになるのです。

一八八四年、ジッドが一四歳のときにアンナ・シャクルトンという人物が亡くなります。アンナはもともとジッドの母ジュリエットの家庭教師としてロンドー家に入ったスコットランド出身の女性で、のちにジュリエットの親友となり、厳格だった母ジュリエットに代わって幼いジッドを愛し、よく面倒を見たやさしく美しい人でした。

そのアンナが悪性腫瘍を病み、無残な姿となり、手術の甲斐もなくパリの病院でひとり亡くなったのです。彼女が自分の子供のように可愛がったジッドも、親友のジュリエットもアンナの死に目に会うことができませんでした。この残酷なアンナの死にざまはいつまでもジッドの記憶にこびりつきました。神以外のすべてに見捨てられたアンナの姿が、『狭き門』に先立ついくつかの小説の試みを誘発し、最終的には『狭き門』の最後に描かれる、殺風景な病院でのアリサの孤独な死として結晶することになります。

『狭き門』という小説の構想の始まりにはアンナの死があるのです。アンナ・シャクルトンから発想された女性は『狭き門』ではフローラ・アシュバートンという名をあたえられていますが、ミス・アシュバートンの死を語る『狭き門』第Ⅵ章の終わりでは、本書でただ一度だけ、黒い星（★）の記号が使われています。これは『狭き門』の出発点となったアンナ＝フローラの墓前に、作者ジッドが秘（ひそ）かに捧げた喪の印だというのが私の考えです。

一八九〇年、マドレーヌの父エミールが亡くなります。マドレーヌは精神的に一家を支えなければならない立場になり、一時はジッドとの文通を断ち、交際を控えようと考えます。しかし、ジッドのほうは自分とマドレーヌの恋愛を基に散文詩的な雰囲気をもつ『アンドレ・ヴァルテルの手記』を書いて、これをマドレーヌへの愛の告白の書にしようと計画しました。この作品のヒロインのエマニュエルという名前はジッドが実際にマドレーヌにつけていたもので、彼が生涯書きつづけた『日記』では、マドレーヌは終始、エマニュエルという名で呼ばれています。

そして、ジッドはじっさいに『アンドレ・ヴァルテルの手記』をマドレーヌに読ませたのですが、マドレーヌはそこに自分たちの関係がかなりはっきりと記されていることにかえって怖気(おじけ)づいてしまったらしく、このときのジッドの結婚申込みを拒絶してしまいます。その結果、ジッドは「自分の一生で最も混乱した時期」に入ることになったと語っています(『一粒の麦もし死なずば』第1部X章)。

いっぽう、『アンドレ・ヴァルテルの手記』の出版以降、文壇での交遊も活発になり、アルザス学院で同級だったピエール・ルイスや、ポール・ヴァレリーとの文学的友情を深めたほか、ステファヌ・マラルメやオスカー・ワイルドなどの著名な文学者とも知己を得ます。

また、一八九三年から友人の若い画家ポール゠アルベール・ローランスと北アフリカ旅行に出発し、チュニジアのスースでアリという少年とおそらく初めて同性愛の性行為をおこない、さらには、アルジェリアのビスクラでメリエムという名の遊女と肉体経験を済ませました。しかし、ジッドは本質的に自分より年下の若い男に引かれる同性愛者であり、メリエムとの行為も、自分の勇気を立証するため、目を閉じて自分の腕にアラブ人の少年を抱いていると想像して可能になったものでした。

この北アフリカ旅行は、ジッドにとって自分の性的な資質を完全なかたちで開花させる楽園の発見であり、ピューリタン的性道徳にたいする勝利の機会だったわけです。しかし、皮肉なことに、ここでジッドは肺結核の初期感染により喀血（かっけつ）し、心配したローランスの知らせで、母ジュリエットが突然、老女の召使を連れて、メリエムと一緒にいるジッドのところにやって来たのです。ジュリエットはジッドとメリエムの関係を危ぶんで泣きましたが、結局、フランスに帰り、ジッドはさらにヨーロッパ各地を放浪する旅を続けたのでした。

アフリカはジッドにとって精神と肉体の再生を意味するオアシスでした。フランスに帰ってまもない一八九五年初頭、ジッドはふたたびアルジェに向かい、ここでオスカー・ワイルドと再会します。ワイルドは恋人のアルフレッド・ダグラス卿を連れていました。筋金入りの同性愛者であるワイルドの導きで、ジッドはモハメッドという少年と出会い、激烈な性的快楽を味わいます。このときの経験がその後のジッドの性的な快楽のかたちを決定づける範となりました。

しかし、肉体と精神の新世界を発見してフランスに帰国したひと月ほどのち、ジッドは大きな事件に見舞われます。母ジュリエットが脳卒中で急死したのです。彼女は、ジッドのアフリカでの行状の細かい実情は知らなかったものの、息子の将来を心配して、手紙での叱責を続けていました。

したがって、母の死はジッドの解放の機会になりうるはずでしたが、現実にはまったく逆の作用を及ぼしました。ジッドは母の死によって深い悲嘆と空虚と無力のなかに放りだされ、アフリカでの全き自由と快楽の経験を地獄として放棄したのです。そして、唯一ジッドに残された魂の救済のよすがは、従姉マドレーヌへの愛でした。

ジッドの地獄はマドレーヌという天国に救いを求めたのです。そして、このときばかりは、マドレーヌもジッドの求めを拒絶することができませんでした。ジッドの母の死からほぼ二週間後にふたりは婚約し、一八九五年の秋、結婚式を挙げました。

『狭き門』に描かれるような至純の愛を培った恋人たちが、夫婦として結ばれる。なんと幸福なことかと人は思います。しかし、この至純の婚姻は世にも奇妙なものでした。というのは、ジッドとマドレーヌの結びつきはフランスでいう「純白の結婚（マリアージュ・ブラン）」、つまり、性的交渉を伴わない夫婦生活だったからです。『一粒の麦もし死なずば』の終末が語っているとおり、ジッドが娶（めと）ったのは、まさに純潔な天国だったのです。

この驚くべき事実は、ジッドの死んだ一九五一年に未公開の『日記』の一部分（邦訳題『秘められた日記』）が刊行されたときに明らかになりました。しかし、先にも触れたように、ジッドは女性と性的な関係をもたなかったわけではなく、一九二三年、五三歳のときにはエリザベート・ヴァン・リセルベルグという愛人に娘カトリーヌを生ませてもいるのです。したがって、ジッドにとって、マドレーヌとの「純白の結婚」はやはり特別なものだったと考えるほかありません。

また、マドレーヌの側にも性的なものへの恐れという要素が強く作用していました。母マチルドの不倫と家出という事件は彼女の一家（とくに愛すべき父親エミール）に大きな不幸をもたらしましたが、マドレーヌは自分のなかに植民地生まれのマチルドの淫奔な血が流れていることを嫌悪していたのです。『狭き門』のなかでそのことを印象的に語っているのが、「アリサの日記」においてアリサとその父ビュコランが親しく会話を交わす場面です。そこでアリサの父は娘が客間の長椅子に横たわっている姿を見て、「お母さんにそっくりだ」と言い、別れた妻のことを初めて娘に縷々語り聞かせます。普通ならばこれは、不義を犯した母のせいでぎくしゃくしてしまった父と娘の仲が修復される感動的なシーンになるはずですが、アリサの反応はこう記されています。

「そんなわけで昨日の夜は、後悔とともによみがえる過去の思い出にとりつかれて、不安で、胸苦しく、惨めな気持ちになって、ほとんど眠れなかった。神さま、悪の姿を連想させるあらゆるものを憎む人間にしてください」

なぜこうした異常ともいえる否定的反応が出てくるのか？　それは、アリサが自分の体に母の淫奔な血が流れることを感じ、それを過剰に恐れているからです。つまり、ここでいう「悪」とは一般的な意味での悪ではなく、性的欲望の誘惑、セックスという悪、キリスト教における原罪のことなのです。

主人公ジェロームがアリサの母リュシルの不義の現場を目撃したとき、リュシルは長椅子に横たわっていますが、アリサの父が娘を見て「お母さんにそっくりだ」と言うときも、アリサは長椅子に横たわっていたのです。この母娘が共通して見せる「横たわる」姿勢には性的な隠喩がこめられており、娘はこの姿勢の意味を父に指摘されたと感じて、あれほどの自己嫌悪に襲われたのです。

こうした性という悪の誘惑に対抗するため、アリサがつねに引きあいに出すのは、「美徳（vertu）」という言葉です。いま引用したアリサの自己嫌悪の述懐のあとにも何度も「美徳」という言葉が使われています。これはどういう意味なのでしょうか？

日本語では美徳という言葉は漠然と「美しく正しいおこない」のように理解されていますが、フランス語の「美徳（vertu）」は、ラテン語の virtus（原義は「男らしさ」。そこから「強さ」「力」の意味をもつ）を語源とし、第一に「心の強さ」「魂の力」のことを指す言葉なのです。そこから転じて、ジッドの「美徳」という言葉は、しばしば、「意志の努力によって道徳的に正しい行為をなしとげる資質」という意味で使われます。

そして、とくに『狭き門』では、美徳とは、「自然な欲望を意志の力で禁圧すること」という意味が強くなり、いまこの場面でアリサが使っている「美徳」という言葉は、性とつながらざるをえない愛の欲求を抑えこむことという意味をもっているのです。『狭き門』における「美徳」は漠然とした宗教的善行を意味するのではなく、以上のような文脈のなかで理解されるべき概念です。

ジッドの妻マドレーヌは、自分の母親マチルドの情欲が一家に不幸をもたらしたことから、自分の血のなかに流れる性的淫奔さへの恐怖をもち、セックスそのものを嫌悪していました。いっぽう、夫のジッドのほうも、マドレーヌとの愛に性欲の入る余地を初めから見ていませんでした。それはジッドが同性愛者だからというのが大きな理由ではありますが、同時にジッドは、マドレーヌを生身の女性というより、自分の純粋な愛の観念を体現する存在として夢想のうちに保つことを望んだからです。その証明は、彼らの関係をモデルにした小説『狭き門』で果たされることになります。

マドレーヌとの結婚後、ジッドは『地の糧』(一八九七)と『背徳者』(一九〇二)を書き、初期の彼の文学的指向の帰結ともいうべき思想を表明します。アフリカでの生命の高揚の経験に基づいて、汎神論的な生の情熱と、快楽への欲望を大胆に肯定してみせたのです。

しかし、それらのあとに書かれた『狭き門』(一九〇九)は、一転して、生の情熱や快楽への欲望の正反対の極を指向しています。

この小説に描かれる恋愛には性的なニュアンスはほとんどありません。一か所、

「アリサの日記」の先ほど引用した箇所の直後に、「あの人がほんのすこし体を動かしさえすればいいのだと知っていたら。そして、その動きをわたしが待ちのぞんでいることを知っていたら……」という記述がありますが、これはアリサとジェロームがキスを交わす以前の話であり、この「動き」に露骨な性的含意があるとは感じられません。すでに述べたように、アリサの深層心理には性への恐怖が隠れているのですが、彼女が自分の「不安で、胸苦しく、惨めな気持ち」を性に関わるものだと明瞭に意識していたかどうかは分かりません。ともあれ、汚れなき至純の愛を体現したヒロインのアリサは愛を捨てて、神のもとに向かう死を選びます。これはいったい何を意味しているのでしょうか？

すでに述べたように、『狭き門』はジッドと妻マドレーヌの若き日の恋愛から発想されています。自伝的な要素の濃厚さはこれまで指摘してきましたが、それ以上に、この小説にはジッドとマドレーヌの実生活の一部がそのまま投入されているのです。『狭き門』ではアリサの手紙と日記がたくさん引用されますが、この手紙と日記は、ジッドが妻マドレーヌの手紙と日記を活用して書いたものです。中村栄子氏は『楽園探求――アンドレ・ジードの思想と文学――』で、マドレーヌの日記と手紙に関して残された資料を博捜して、「『マドレーヌの日記』全体が、少し手を加えただけで『狭き門』に」そっくり利用されていると言えるほどである」と結論しています。『狭き門』が執筆されたころ、ジッドとマドレーヌは性的な交渉なしで幸福な結婚生活を営んでいました。ジッドが自由にマドレーヌの日記を手もとに置いて見ることができたのも、マドレーヌが全面的に夫を信頼していたからでしょう。

しかし、ジッドはマドレーヌの日記と手紙を用いてアリサという女性像を描きながら、アリサを理想化するために、そのモデルである恋人＝妻マドレーヌの像に、自分が精神的な母親として愛したアンナ・シャクルトンの姿を重ねあわせ、アリサをアンナのように死なせてしまったのです。これは現実の妻マドレーヌの存在を否定すること、つまり、文学的な妻殺しといえるでしょう。『狭き門』を読んだマドレーヌの感想は残されていませんが、想像に難くありません。自分の日記と手紙をいいように使われ、自分がモデルとなったヒロインを殺されてしまったのですから、深い悲しみと憤りに襲われるのが当然だと思われます。

しかし、文学作品として考えたとき、小説のアリサとジェロームが、現実のマドレーヌとジッドのように結婚を全うするという物語では、『狭き門』の肺腑を抉る(えぐ)ような悲痛な感銘はとうてい実現されなかったはずです。アリサが孤独に死ぬからこそ、自らの生命を捨てて守った愛の至純が永遠の結晶の輝きを保つのです。芸術とはときになんと残酷な営みとなることでしょう。

しかも、小説的才能にあふれるジッドは、アリサの死を小説の大団円とすることなく、主人公ジェロームとアリサの妹ジュリエットのその後の姿を書きくわえることによって、酷薄な人生のなかにとり残された人々のやるせない沈鬱さをも効果的に描きだしているのです。そこには、理想化されたアリサの死と対極をなす、リアルな人間の生の深淵が確かに刻みこまれています。

『狭き門』の出版後、ジッドとマドレーヌは表面的には仲むつまじい夫婦として暮らしますが、そのふたりのあいだにもっとも激しい波乱が起こったのは、一九一八年のことでした。その前年からジッドは一六歳の美少年マルク・アレグレ（のちに『乙女の湖』の映画監督となる）を心から愛し、彼と関係をもつようになっていました。マルクはエリ・アレグレ牧師の息子です。この牧師はジッドの母ジュリエットが息子の精神的指導者だと考えていた人物で、家族ぐるみの付きあいをもち、ジッドとマドレーヌの内輪だけの結婚式にも立ちあっていました。したがって、マドレーヌはマルクを自分の息子のように可愛がっていたのです。

マドレーヌはジッドの同性愛嗜好について知っていました。新婚旅行のときにすでに、夫の目がアラブ人の少年たちをまるで犯罪者か狂人のように見つめていることに気づいていたのです（『秘められた日記』におけるジッド自身の記述による）。

しかし、今回はマドレーヌが自分の息子のように思っていた十代の少年が相手なのです。夫の行為は単なる性的嗜好の問題にとどまらず、自分の子供を堕落の道に引きずりこむ悪魔の所業に思えたことでしょう。じっさい、ジッドがマルクを連れて三か月もイギリス旅行に出たあと、マドレーヌは夫からもらった手紙をすべて焼却してしまったのでした。この妻の報復のせいで、ジッドは精神的に大きな打撃をこうむることになります。

この事件以降、ジッドとマドレーヌの関係には亀裂が入るようになり、マドレーヌはしだいに自分の信仰の世界に閉じこもる傾向が見られるようになります。もともと彼女はプロテスタントですが、晩年にはカトリック的な神秘主義に引かれ、修道女のようにひっそりとした日常生活を送りました。それは『狭き門』のアリサがもし生き延びていたら実現していたかもしれないような生活でした。

『狭き門』における信仰の問題に関して、いちばん根源的な批判をおこなったのは、ジッドの友人のポール・クローデルでした。クローデルはジッドへの私信（一九〇九年）のなかで、アリサの信仰を批判し、神の恩恵や死後の救済を期待しないアリサの一見禁欲的な信仰は、むしろ神に対する冒瀆（ぼうとく）であり、これでは神が残忍な無言の拷問者になってしまうと語っています。

『狭き門』はしばしば愛と信仰の対立の物語といわれますが、私の考えによれば、『狭き門』における信仰は愛より小さな問題にすぎません。むしろジッドは、アリサとジェロームの愛の悲劇性を浮き彫りにするために、神という観念を小説的な仕掛けとして用いているのです。ジッドの描く神の冷酷さは、彼の無神論的考え（あるいは神への反感）を表しているといっても過言ではないでしょう。この小説に反キリスト教的な匂いを嗅ぎつけた熱心なカトリック教徒、クローデルの嗅覚はまことに確かなものだったのです。

『狭き門』には、愛と信仰が交差する象徴として十字架が重要な小道具として登場します。アリサはジェロームからもらった母の形見の十字架をふたりの愛のしるしとし、自分がこの十字架をつけていなかったら、ジェロームは自分のもとを去らねばならないと決めます。

この十字架は、現実にマドレーヌが愛用していた十字架から発想されたもので、ジッドはこれを自分とマドレーヌの愛のシンボルだと考えていたのです。

しかし、一九二二年、マドレーヌはこの十字架を知人の娘にあげてしまいます。ジッドは妻の突然の行為を知って、「あの十字架は私がアリサの首にかけてやったものので、ほかの誰だろうとあの十字架を身につけるなど考えただけで耐えられない［…］マドレーヌはもはや私の愛を信じていないのだ」と『日記』に書きました。ここでジッドが憤激のあまり小説中の事実と現実とを混同していることに注目すべきです（ただし、この決定的な一節はジッドの存命中に公刊された『日記』からは削除されました）。しかも、この直後、ジッドは愛人エリザベートから子供を身ごもったと告げられたのです。もちろんそれはマドレーヌのあずかり知らぬはずのことですが、ジッドは、マドレーヌがエリザベートと自分の関係に気づいたかもしれないと恐れ、妻の本能的直観に戦慄したことでしょう。

十字架をめぐるこの事件は、小説よりも残酷な愛の結末といえるかもしれません。『狭き門』のアリサは亡くなるとき、愛と信仰の十字架を首にかけていたからです。

＊＊＊

付録『狭き門』物語年表

『狭き門』はおよそ三〇年にわたって展開する物語ですが、一読しただけでは、その時間的パースペクティヴを摑むのが難しい小説です。僕（ジェローム）の独白と「アリサの日記」が同じ出来事を二重に描きだすうえ、細かい叙述と大胆な省略がいり混じって、時間の継起に極端な緩急や大きな亀裂が生じているからです。そこで、時間的展開に関する読者の理解をすこしでも助けるため、小説本文を手がかりとして出来事を再構成して年表を作ってみました。

この年表はあくまでも小説を読み終えた方のためのものですので、本文を読み終える前にはけっしてご覧にならないでください。

とはいえ、主人公ジェロームの誕生日が明らかでないため彼の年齢は推測するほかないところも多く、また、主人公自身、記憶が曖昧だと述べている箇所もあります。さらに困ったことに、「アリサの日記」のなかで、彼女自身が誕生日を「五月二三日」

と明言しているにもかかわらず、彼女が伯母に宛てた手紙のなかで（一一八頁）、「わたしが一四歳になったばかりのとき、彼［ジェローム］が送ってくれたクリスマス・カード」という一節があり、アリサの誕生日が一二月だと思えるような記述もあります。これなど、ジッドが出来事の時間的な正確さにかなり無頓着だったことを雄弁に示す細部です。そのため、この年表の記述には推測が含まれ、矛盾点があることをお断りしておきます。

一二歳直前　僕（ジェローム）は父を亡くし、ル・アーヴルからパリに転居する。リュクサンブール公園近くで、母とミス・アシュバートンと三人で暮らす。

一二歳　六月半ば、フォングーズマールへ行く。その夏（もしくは翌年の夏）、リュシル伯母にからかわれる。

一四歳　父の死の二年後、復活祭にル・アーヴルへ行く。ここでリュシルと若い軍人の不倫を目撃。アリサへの愛に目覚める。パリに帰った直後、リュシルの家出の報を受けてル・アーヴルに戻る。ヴォティエ牧師が教会で「狭き門」について説教をおこなう。

一五歳　新学期（九月）、僕はアベル・ヴォティエと同じクラスになり、ロベールも同じ寄宿舎の二年下のクラスに入る。
一六歳　夏、フォングーズマールへ。アリサと父親の話を立ち聞きする。
一七歳　復活祭の少し前に母を亡くす。数日後、ル・アーヴルとフォングーズマールへ行く。
その夏、フォングーズマールで過ごす。アリサに婚約を申しこむが拒否される。秋からエコール・ノルマルの一年生。二歳年上のアベルは兵役に就いたのち、僕と一緒にノルマルへ入る。
アベルの誘いで急にル・アーヴルとフォングーズマールへ行く。アリサの妹ジュリエットに結婚話。僕とアリサは婚約しないことで合意。アベルはジュリエットに夢中になる。
一八歳　年末、僕とアベルはル・アーヴルへ。ジュリエットがクリスマス・ツリーの下で発作を起こす。アベルはロンドンへ行き、僕はパリへ戻る。
アリサと文通開始。

長い月日が過ぎる。僕の記憶は曖昧になる。

ジュリエットが七月に結婚し、スペインへ新婚旅行。

夏、僕はイタリア旅行。九月にはピサへ。イタリアから帰国後、ナンシーで兵役に就く。

その年末でアリサと離れてから一年になる。新年にパリのアシュバートン宅で再会の約束をするが、果たされない。

二月中旬、アベルの著書『ひめごと』が出版される。

一八八＊年五月二三日　アリサの二五歳の誕生日(僕は二二歳)。「アリサの日記」、始まる。アリサはジュリエットに会うためニームへ向かう。僕の兵役生活は続く。

六月、ニームでジュリエットがリーズを出産。

七月、ジュリエットがフォングーズマールへ来る。

「アリサの日記」のページはここから、約二年ぶりのル・アーヴルでの僕とのつらい再会を経て復活祭のフォングーズマールでの再会まで、破りとられている。

夏の終わり近くにアリサの手紙が来て、「あと二か月」で再会できると告げる。その六週間後（一〇月）のアリサの手紙で、僕がまもなく除隊になることが言及される。

その四日後（除隊の一週間前）のアリサの手紙で、僕が一〇月二八日にパリに帰るのなら、その前に二日会おう、と提案される。

約二年ぶりのル・アーヴル（プランティエ伯母宅）でのつらい再会。馬車での散策の翌日の午後、僕はアリサとプランティエ伯母の娘マドレーヌと話をする。その後アリサに会えず、次の日の朝、パリへ戻る。

その直後、アリサからもう会わないようにしたいとの手紙が届く。僕は、文通をやめ、春の復活祭に再会しようと返事をする。

年末、クリスマスの四日前、ミス・アシュバートンが亡くなる。葬儀でアリサと短い再会。

二四歳　四月の末、復活祭にフォングーズマールでアリサと再会する。

五月三日、幸福を否定するアリサは、別れを告げる合図としてアメジストの十字架を外す。

翌朝、僕はパリへ帰る。

夏の前、アリサ（二六歳）からしばらく文通をやめるという手紙が来る。九月の終わりに二週間フォングーズマールで会う約束をする。

七月六日、アリサは書棚から愛読書を追放。

九月一六日、再会。僕とアリサはパスカルについて話をする（ここで「アリサの日記」の一冊目が終わり、二冊目は破棄される）。僕はアリサと別れて、アテネ・フランス学院に旅立つ。


二七歳　二年後の年末、パレスチナにいた僕にアリサからビュコラン伯父が死んだという手紙が届く。

僕がアリサと別れて三年後の九月一七日、「アリサの日記」の三冊目が始まる。

僕はアリサと再会する。彼女は僕の愛を退け、アメジストの十字架を僕の娘にあげてくれといい、僕は拒否する。初めて僕はアリサにキスをする。

一〇月三日、僕とアリサの最後の別れ。

その数日後、僕はジュリエットに手紙を書き、アリサの具合が悪そうだったと伝える。

一〇月一〇日、アリサ、パリの病院に到着する。

ひと月もしないうちに、ジュリエットからアリサの死を告げる手紙が届く。アリサは僕と再会した三日後にパリに家出し、病院で亡くなったという（享年二九）。

アリサの遺志でル・アーヴルの公証人から彼女の日記が僕のもとに届く。

ジュリエットの手紙の一〇年以上のち、僕（三八歳）はニームのジュリエット宅を訪問する。

その一年後、僕（三九歳）はこの本を書く。

アンドレ・ジッド年譜

一八六九年
一一月二二日、パリ六区のメディシス通りで生まれる。父ポールは三七歳、パリ大学法学部教授。母ジュリエットは三四歳、ルーアン出身の富豪の娘。

一八七六年　六歳
マドモワゼル・ド・ゲクランからピアノを習いはじめる。音楽はジッドの生涯を通じて文学と並ぶ芸術的嗜好の対象となる。

一八七七年　七歳
パリのアルザス学院に入学。ヴデル先生のクラスに入り、「悪習」を見つかって三か月の停学処分。

一八八〇年　一〇歳
父ポール、結核で亡くなる。

一八八一年　一一歳
南仏モンペリエの中学に入学し、ひどいいじめに遭う。
クリスマスの休みにルーアンに行き、エミール・ロンドー伯父の娘たち、マドレーヌ（一八六七年二月七日生まれ）や妹のジャンヌと遊ぶ。

一八八二年　一二歳

級友のいじめを原因とする神経発作にたびたび見舞われ、アルザス学院に復学したが、状態は好転せず、学業を中断する。ルーアンでマドレーヌの母マチルドの不倫を知り、そのことで悩むマドレーヌを守ってやりたいという思いが芽生える。

一八八四年　一四歳
五月一四日、母の親友でジッドを愛したアンナ・シャクルトンがパリの病院で孤独に亡くなる。

一八八七年　一七歳
アルザス学院の修辞学級に復学し、ここでピエール・ルイスと出会い、文学的友情で結ばれる。

一八八八年　一八歳
パリの名門、アンリ四世校に転校。この学校で、のちに人民戦線内閣の首相となるレオン・ブルムと知りあうが、まもなく自らの意志で退学する。

一八八九年　一九歳
独学でバカロレア（大学入学資格試験）に合格するが、文学に専念するため、大学進学をやめる。

一八九〇年　二〇歳
ピエール・ルイスとともにブルーセ病院にヴェルレーヌを見舞う。伯父エミールが亡くなり、マドレーヌと二人で通夜を行う。ピエール・ルイスの仲立ちにより、モンペリエでポール・ヴァレリーと知りあい、その後半世紀以上続く友情が生まれる。

一八九一年　二一歳

『アンドレ・ヴァルテルの手記』を自費出版。一部をマドレーヌに献呈し、結婚を申しこむが断られる。

ステファヌ・マラルメの知己を得てそのサロン「火曜会」のメンバーとなる。また、オスカー・ワイルドとも知りあう。

一八九二年　二二歳

一一月、北仏のナンシーで兵役に就くが、肺結核でまもなく除隊。

一八九三年　二三歳

一〇月、友人の若い画家、ポール゠アルベール・ローランスとマルセイユから北アフリカ旅行へ出発。

一一月、チュニジアのスースでアリという少年と同性愛を経験し、アルジェリアのビスクラでメリエムという遊女と異性愛を経験する。初期の肺結核に罹(かか)る。

一八九四年　二四歳

二月、ジッドの病気を心配した母ジュリエットがビスクラにやって来る。母をフランスに帰したあと、自分はマルタ島、イタリア、スイスなどを旅行してパリに戻る。

一八九五年　二五歳

一月、ふたたびアルジェリアに赴き、アルジェでオスカー・ワイルドとアルフレッド・ダグラス卿に会う。ワイルドの手引きでモハメッドという少年と決定的な同性愛の肉体経験をする。
四月、アルジェリアから帰国し、ポール・クローデルと知りあう。
五月三一日、母ジュリエットが亡くなる。
六月一七日、従姉マドレーヌ・ロンドーと婚約。
一〇月八日、マドレーヌと結婚式を挙げる。スイス、イタリア、北アフリカをめぐる新婚旅行に出発。

一八九六年　二六歳
四月、ジッド夫妻、フランスに帰国。

一八九七年　二七歳
『地の糧』を出版し、評判を呼ぶ。

一八九九年　二九歳
中国の福州に領事として滞在していたクローデルと文通を始める。

一九〇二年　三二歳
最初の小説『背徳者』を出版するが、不評で、精神的に大きな打撃を受ける。

一九〇五年　三五歳
『狭き道』（のちの『狭き門』）を書きはじめる。

一九〇八年　三八歳
一〇月一五日、『狭き門』脱稿。
一一月、「ＮＲＦ（ヌーヴェル・ルヴュ・フランセーズ＝新フランス評論）」誌の創刊に参加するが、一号で中断。

一九〇九年　三九歳
二月、「ＮＲＦ」を再刊し、二月、三

月、四月の三号にわたって『狭き門』を連載。六月に『狭き門』の単行本出版。一般読者にも成功を博す。

一九一二年　四二歳

マルセル・プルーストからNRF社での『スワン家の方へ』(『失われた時を求めて』第一巻)の出版を依頼されるが、拒否する。

一九一四年　四四歳

『スワン家の方へ』を読み直して自分の判断の誤りを認め、プルーストに謝罪の手紙を送り、『失われた時を求めて』の第二巻以降はNRF社から出版されることになる。

五月、『法王庁の抜け穴』刊行。この小説の反カトリック的な傾向をめぐってクローデルとの友情にひびが入る。

八月、第一次世界大戦が勃発し、「NRF」誌は休刊となる。

一九一五年　四五歳

パリと妻の暮らすキュヴェルヴィル(『狭き門』の舞台フォングーズマールのモデルになった土地)を往復する生活が始まる。

一九一七年　四七歳

自分の教導者であるエリ・アレグレ牧師の息子、当時一六歳のマルク・アレグレを愛し、性的関係も始まる。マルクおよび兄のアンドレ・アレグレを連れて夏のスイス旅行。スイスで音楽家のストラヴィンスキーと出会う。

一九一八年　四八歳

六月、マドレーヌが反対したにもかかわらず、マルクとイギリス旅行に出発し、三か月滞在する。帰国後、マドレーヌがジッドからの手紙をすべて焼却したことを知り、大きな衝撃を受ける。

一九一九年　四九歳

一一月、第一次世界大戦終わる。

『田園交響楽』を出版。

一九二〇年　五〇歳

同性愛擁護の書『コリドン』を匿名で発表し、マドレーヌとの婚約までを告白する自伝『一粒の麦もし死なずば』の第一部を秘密出版する（第二部は翌年出版）。

一九二一年　五一歳

エリザベート・ヴァン・リセルベルグとの関係が始まる。

一九二二年　五二歳

八月七日、マドレーヌからの手紙で彼女が愛用の十字架を知人の娘で名づけ子のサビーヌ・シュランベルジェにあたえたことを知り、ショックを受ける。

八月二二日、エリザベートから妊娠を告げられる。

一九二三（大正一二）年　五三歳

四月一八日、娘カトリーヌが誕生。父親がジッドであることは秘密にされた。

六月、山内義雄により『狭き門』が初めて日本語に全訳される。日本における最初の本格的なジッドの紹介である。

一九二五年　五五歳

七月、フランス政府の依頼でコンゴの森林地帯を調査するため、マルク・アレグレを伴って出発。

一九二六年　五六歳
二月、『贋金つかい』刊行。
五月、コンゴから帰国。

一九二七年　五七歳
『コンゴ紀行』刊行。

一九二八年　五八歳
パリ七区のヴァノー通りに居を定め、ここを終の棲家とする。

一九三一年　六一歳
エリザベート・ヴァン・リセルベルグがジャーナリストのピエール・エルバールと結婚するが、ジッドは式に欠席。

一九三三年　六三歳
三月、パリで開催された反ナチズムの集会で基調演説をおこなう。
七月、パリのヴァノー通りの自宅にジャン・ジュネの訪問を受ける。

一九三六年　六六歳
一三歳になったカトリーヌに自分が父親であることを明かす。
六月〜八月、ソヴィエト作家大会に出席のためソ連を訪問。赤の広場でゴーリキーの追悼演説を行う。
一一月、『ソヴィエト紀行』刊行。スターリン治下のソ連に批判的だったため、左翼陣営から激しい攻撃を受ける。

一九三八年　六八歳
四月一七日、妻マドレーヌ、キュヴェ

ルヴィルにて心臓発作により死去。

一九三九年　六九歳

九月、第二次世界大戦勃発。大戦中は南仏や北アフリカを転々とする。

一九四五年　七五歳

五月、ドイツ軍無条件降伏と前後して、パリに帰る。

一九四七年　七七歳

ノーベル文学賞を受賞。

一九五一年　八一歳

二月一九日、パリのヴァノー通りの自宅で死去。

訳者あとがき

古典作品の新訳を試みるにあたって、題名をどうするか、というのは大きな問題です。

私の場合、この光文社古典新訳文庫に収録されたバタイユの小説において、それまでよく知られていた『眼球譚(がんきゅうたん)』という厳(いかめ)しい訳題をあえて避けて、『目玉の話』というぐっとくだけた日本語タイトルを選びました。これはべつに奇を衒(てら)ったわけではなく、語学的にも思想的にもはっきりとした理由があります。そのことは『マダム・エドワルダ／目玉の話』の解説に書きましたので、参照していただければ幸いです。

光文社古典新訳文庫では、ほかにも例えば、サン゠テグジュペリの『星の王子さま』がシンプルに『ちいさな王子』（野崎歓訳）となったり、カフカの『審判』がもっと軽めの『訴訟』（丘沢静也訳）になったりしましたし、すごいのはブレヒトの『肝っ玉おっ母とその子供たち』で、これは『母アンナの子連れ従軍記』（谷川道子訳）と、まるで同じ作品とは思えないほど様変わりしました。ローリングズの意表を突く『鹿と少年』（土屋京子訳）という訳題もありましたが、これは現在、『仔鹿物語』という一般的に知られた題名に戻っています。

そういえば、『ちいさな王子』の命名者、野崎歓氏はカミュの小説の『異邦人』として有名なタイトルを『よそもの』と訳し変えましたし（『カミュ「よそもの」きみの友だち』）、同じみすず書房の「理想の教室」という名作解説の叢書で、合田正人氏はサルトルの『嘔吐』を『むかつき』と訳しておられました。たしかにサルトルの小説には「吐き気」は出てきても、じっさいに「嘔吐」する場面があるわけではありません。ともあれ、こうした題名の新訳を見ていると、古典作品の中身までがらりと、ときにはとても新鮮に変わって見えてくるから不思議です。

遠藤周作の小説の『おバカさん』というタイトルはおそらくドストエフスキーの『白痴』の翻案だろうと思うのですが、いっそのこと、『白痴』を『おバカさん』と題して新訳してみたら、新しいムイシュキン公爵像が生まれてくるのではないかと考えたりもするのです。

そんなわけで、今回の拙訳『狭き門』についても、立派な文語訳聖書の訳題ではなく、口語の翻訳を用いてみたら第一印象が変わり、新時代にふさわしい愛のロマンスの雰囲気が出るのではないかと思い、ちょっと試してみました。

「イエスは一同に言われた。『狭い戸口から入るように努めなさい』」(新共同訳「ルカによる福音書」一三章)

というわけで、

アンドレ・ジッド作『狭い戸口』

ダメだ、こりゃ。

あえなく、『仔鹿物語』と同じ道を選んだしだいです。

とはいえ、本作には主人公ジェロームと恋人のアリサが最後の別れをする重要な舞台として、フォングーズマールの菜園のporte(「門」もしくは「戸口」)があって、強いていうならば、このporteが小説中の具体的な事物のなかでタイトルの《la Porte étroite》に呼応するものだと見なすことができます。じっさい、このporteは小説冒頭の状況説明のときからちゃんと姿を現しており、それがクライマックスの別れで、ジェロームとアリサを決定的に分かつ壁の役割までも果たすのです。しかも、この菜園の porte は《petite porte à secret》（小さな隠し戸）とも呼ばれているように、「門」というよりは、やはり「狭い戸口」なのです。

しかし、『狭き門』の日本最初の全訳者、山内義雄は新潮文庫版のあとがきで、この改訳版（文庫版）『狭き門』でもあえて旧（ふる）い文語訳聖書を引用したのは、「旧訳聖書が、わが国翻訳史上に銘記すべき名訳たることを思ってのわたくし一個の敬仰の念に出たものにほかならない」と説明しています。内容的には「狭い戸口」かもしれませんが、やはり凜とした言葉の響きにおいて、小説のタイトルとしては文語訳の「狭き門」を採用するべきでしょう。

日本で初めてジッドのこの小説全篇が山内義雄によって翻訳されたのは大正一二（一九二三）年のことでした。いまからもう九〇年以上も前という大昔のことですが、そのころにはもちろん作者のジッドも存命中で、訳者は本の冒頭で、「本訳書のため原著者GIDE氏が快く翻訳権を与へられたことを深謝する」（原文は旧字を使用）と記しています。

訳者はこの文に続いて、「同時に匆忙（そうぼう）の裡（うち）に成れるこの訳書、恐らくは少なからざる瑕瑾を存すべく、この点、原著者を傷ける罪の浅少ならざることを思ふ」と書いていますが、これは名訳者の大いなる謙遜というべきでしょう。その後、昭和二九(一九五四)年に山内義雄は『狭き門』の翻訳を現代的な言葉づかいに改めて新潮文庫に収録しますが、この六〇年前の訳書が現在でも最もポピュラーな『狭き門』としてよく読まれているのは、その元になった一世紀近く前の翻訳がきわめて優れたものだったからです。

この翻訳を最初の日本語全訳として得たことは、『狭き門』という作品にとって大きな幸いでした。これ以降、多くの日本語訳が出版されましたが、そのおそらくすべての訳業が山内義雄の翻訳を範と仰ぎ、参照し、これを越えようとしました。

今回、私が新訳を試みるにあたって、じっさいに手元に置いて参考にしたのは、次の八種類の翻訳です(このほかにも一〇種類ほどの翻訳があると考えられます)。

山内義雄訳(新潮社、一九二三年)
川口篤訳(岩波文庫、初版一九三七年、改訳一九六七年)
淀野隆三訳(角川文庫、初版一九五四年、改訳一九六七年)
山内義雄訳(新潮文庫、一九五四年)

新庄嘉章訳（河出書房新社「世界文学全集」、一九六二年）
菅野昭正訳（中央公論社「世界の文学」、一九六三年）
中村真一郎訳（講談社文庫、一九七一年）
二宮正之訳（筑摩書房「アンドレ・ジッド集成Ⅱ」、二〇一四年）

フランス文学界に綺羅星のごとく並ぶ豪華な顔ぶれがそれぞれの工夫をもって独自の『狭き門』を築きあげてきたさまは、壮観のひと言です。しかし、先にも申しあげたとおり、最初に山内義雄訳という高度な達成があったからこそ、後発の訳者たちがそれに追いつき追いこそうと力を傾注して、この豊かな成果を生みだしたのです。

それらの優れた訳者たちの仕事のおかげで、『狭き門』の日本における受容は驚くほど正確なものになったと思います。訳文のみならず、日本の翻訳に付きものの「解説」や「訳者あとがき」などの付録もそれぞれ充実していて、小さな文庫本の解説からも多くの貴重な情報や作品解釈を得ることができます。

こうした翻訳の豊饒の海のなかから、新庄嘉章のようにジッド研究の専門家ともいうべき学者が生まれて、ジッドと妻マドレーヌの結婚生活の謎に迫った『天国と地獄の結婚』（集英社、一九八三年）という著作を書きあげたわけですし、さらには死後、弟子たちの献身的な協力のもとに厖大な『ジッドの日記』(全五巻、小沢書店・日本図書センター、一九九二〜二〇〇三年)の刊行を完了させるという偉業がなしとげられたのです。『天国と地獄の結婚』の冒頭には、日本におけるジッド受容の概略が記されていますので、それをさらに簡単にまとめておきましょう。

ジッドの日本での受容は『狭き門』の山内義雄による名訳に始まります。そのあと大正時代に石川淳訳『背徳者』、井上勇訳『田園交響楽』が出て、評価が高まり、その人気が頂点に達したのは、昭和九〜一〇(一九三四〜三五)年でした。このとき日本では当時のフランス文学者を総動員してそれぞれ十数巻に及ぶ二種類の「ジイド全集」が出たのです。このジッド人気は戦後まで続き、そのころジッド文学のテーマとして頻繁に言及されたのは、「自意識、自我の解放、感覚の充溢、真摯の追求、悪の価値、無償の行為、純粋小説」といったものでした。

小林秀雄や大岡昇平や河上徹太郎といった著名な文学者たちも若いころは熱心なジッド・ファンだったのですが、中年を過ぎるとジッドに興味を失っていきました。ジッド文学の根本のテーマとされた「自分」というものが、青年には中心的な重大事であっても、成熟した大人にはもはや切迫した関心をもてないものになるからでしょう。一九五一年のジッドの死以降、日本でのジッド人気は完全に下降線をたどることになりました。

しかし、いま、ジッドの文学を「自意識」や「自我の解放」のドラマとして読み解くほどつまらないことはないと思います。もっと普遍的な「人間」の奥深さ、ジッドという「人間」の不可解さ（面白さ）にこそ、現在のジッド受容の鍵があるように思えるのです。

その流れのなかで、本訳書の解説で引用させていただいた中村栄子『楽園探求――アンドレ・ジードの思想と文学――』（駿河台出版社、一九九五年）のように緻密な実証的研究を積みかさねた書物も出ましたし、吉井亮雄「ジッド『狭き門』の成り立ち――構想・執筆から雑誌初出、主要刊本まで」（『文学作品が生まれるとき』所収、京都大学学術出版会、二〇一〇年）のように文学作品の生成を作家の手稿にまで遡って推理・分析する先端的な探求に向かう論文も書かれています。また、ジッドの性的嗜好に的を絞って幅広い論及を重ね、娯楽性抜群の読み物に仕上げた山内昶『ジッドの秘められた愛と性』（ちくま新書、一九九九年）も、現代日本のジッド研究の一風変わった成果として紹介すべき一作といえます。

ただ、日本におけるジッド受容においてもっとも稀薄な部分は、キリスト教信仰に関わる部分でしょう。『狭き門』を例にとれば、大方の神なき日本人にとって、「愛と信仰の相剋」というテーマは他人事にすぎず、抽象的かつ観念的な物語としては理解できても、もっと生々しい身体的な感覚として受けとめることはかなり困難です。かく言う私もそうでした。そんな隔靴掻痒の感がすこし薄れるような気がしたのは、もう何度も目を通したはずの新潮文庫版の石川淳の「跋」を読んでいたときのことでした。

「『狭き門』の中には［…］二つの悩める魂の対立がある。其処には、恋の成就に於てのみ安心の境を見出すことを信じかつ願うジェロームと、恋をも捨てて偏に狭き門に入ろうとするアリサとが居る。それは、アリサさえ手を伸ばせば容易に遂げられる恋である。アリサはその恋を捨てる。そして犠牲に悩む。彼女の行為には何の目的もなく何の効果もない。彼女は、人は幸福のために作られていないと信ずる。／人の世に幸福を求めない彼女は、何処にそれを求めようとするのか。何処にも求めないのである。天上の大歓喜にも浸ろうともしないのである」

この「跋」は邦訳『狭き門』の一九二三年の初版に付されたものですが、驚くべき洞察力を秘めています。

本書の解説で、私はクローデルによる『狭き門』批判の手紙を紹介しました。神の恩恵や死後の救済を期待しないアリサの一見禁欲的な信仰は、むしろ神に対する冒瀆であり、これでは神が残忍な無言の拷問者になってしまう、というものです。

この手紙が書かれたのは一九〇九年ですが、公開されたのは『クローデル＝ジッド往復書簡集』（邦訳題『愛と信仰について』）がフランスで刊行された一九四九年のことですから、石川淳はクローデルの批判をまったく知らずに、本質的なカトリック信仰の立場からの『狭き門』の理解をクローデルと共有していたことになります。しかも、神を信じるクローデルはアリサの信仰を批判したのに対し、おそらく神など信じない石川淳はアリサの信仰にひそむニヒリズムにむしろ深く共感しているのです。カトリック的な背景なしでここまでアリサの信仰に透徹した理解を届かせた石川淳の慧眼に、私は心から敬服しました。

かくして、私は石川淳の「跋」に導かれて、「『狭き門』における信仰は愛より小さな問題にすぎない」といういささか大胆な結論に達したわけです。とするならば、

『狭き門』とは、残酷な拷問者のごとき神を小説的な仕掛けとして用いて、ひたすら愛の崇高さを追求すれば死に至るほかないことを示した至純のラヴ・ロマンスとして読むべきだということになります。

考えようによっては、これは絵空事の極致であり、まさにロマネスクな虚構にすぎないのですが、この絵空事に確かなリアリティをあたえているのが、『狭き門』の、若さがみずみずしく滴るような繊細かつ率直な文体です。

その文体の美しさがとくに効果的に表れているのは自然描写です。『狭き門』には、ノルマンディ、南仏、イタリアと、三つの異なった風土の自然が描かれていますが、そのどれもがみずみずしい文章で活写されており、ここには、厳格なキリスト教と汎神論的な異教の対立というジッド文学の重要なテーマも盛りこまれています。

アリサがジェロームへの手紙や日記に書いているように、ノルマンディの自然と南仏およびイタリアの自然の相違は、キリスト教世界と古代の汎神論的神話世界の対立をはっきりと示すものであり、前者が落日と黄昏と暗闇によって特徴づけられるのに対し、後者はまばゆい陽光と暖かい空気と緑滴る草木によって彩られています。いずれもジッドの若々しい感性を見事に表出する文章で描かれています。

したがって、今回の新訳は、何よりもまず、フランス語原文では明らかな感覚として受けとることのできる『狭き門』の文章の若々しさ、みずみずしさ、率直さを日本語で表現することに力を注ぎました。その努力がささやかな実を結ばせることができたかどうか、読者のみなさまの判断を待ちたいと思います。

本訳書がなるにあたって、いつも以上に光文社古典新訳文庫の編集スタッフ、小都一郎さん、駒井稔さん、そしてとくに今野哲男さんに多大な協力をいただきました。心よりお礼を申しあげます。

狭(せま)き門(もん)

著者　ジッド

訳者　中条(ちゅうじょう)省平(しょうへい)、中条(ちゅうじょう)志穂(しほ)

2015年2月20日　初版第1刷発行
2021年12月20日　第2刷発行

発行者　田邉浩司
印刷　萩原印刷
製本　ナショナル製本

発行所　株式会社光文社
〒112-8011東京都文京区音羽1-16-6
電話　03（5395）8162（編集部）
03（5395）8116（書籍販売部）
03（5395）8125（業務部）
www.kobunsha.com

落丁本・乱丁本は業務部へご連絡くだされば、お取り替えいたします。
ISBN978-4-334-75306-1 Printed in Japan

いま、息をしている言葉で、もういちど古典を

長い年月をかけて世界中で読み継がれてきたのが古典です。奥の深い味わいある作品ばかりがそろっており、この「古典の森」に分け入ることは人生のもっとも大きな喜びであることに異論のある人はいないはずです。しかしながら、こんなに豊饒で魅力に満ちた古典を、なぜわたしたちはこれほどまで疎んじてきたのでしょうか。

ひとつには古臭い教養主義からの逃走だったのかもしれません。真面目に文学や思想を論じることは、ある種の権威化であるという思いから、その呪縛から逃れるために、教養そのものを否定しすぎてしまったのではないでしょうか。

いま、時代は大きな転換期を迎えています。まれに見るスピードで歴史が動いていくのを多くの人々が実感していると思います。

こんな時わたしたちを支え、導いてくれるものが古典なのです。「いま、息をしている言葉で」——光文社の古典新訳文庫は、さまよえる現代人の心の奥底まで届くような言葉で、古典を現代に蘇らせることを意図して創刊されました。気取らず、自由に、心の赴くままに、気軽に手に取って楽しめる古典作品を、新訳という光のもとに読者に届けていくこと。それがこの文庫の使命だとわたしたちは考えています。